鬼に嫁入り
～黄金鬼と闘うお嫁様の明るい家族計画⁉～

Tomo Makiyama
牧山とも

CHARADE BUNKO

Illustration

周防佑未

CONTENTS

鬼に嫁入り～黄金鬼と闘うお嫁様の明るい家族計画⁉～ —— 7

あとがき —— 227

本作品の内容はすべてフィクションです。
実在の人物、団体、事件などにはいっさい関係ありません。

◇◆◇

「もう一回、ギュッてして」

仕事に行く前の藍堂《らんどう》に、小森維月《こもりいつき》はせつない表情を浮かべて頼んだ。

最愛の伴侶《はんりょ》と少しでも離れるのが寂しいせいだ。出かけるまでに毎回、キスやハグを何度もねだってしまう。

願いどおりに抱擁されたあと、軽々と抱き上げられた。

かなりの長身で巨軀《きょく》の藍堂なので、目線が一気に高くなる。

維月の太腿《ふともも》くらいはある逞《たくま》しい左前腕に座った状態で、互いの視線が絡んだ。

いつもと変わらない優しい眼差《まなざ》しを湛《たた》えた彼が言う。

「くちづけはしなくていいのか?」

「だって、キスしたら行っちゃいそうだから……迷ってる」

「すでに幾度もしたが、とどまっているだろう」

「うん……ねえ。僕の相手するの、いい加減、めんどくさくなってきた?」

「おまえを面倒だと思うことはない」

断言されてうれしくなり、藍堂の両頬に手を添えて顔を寄せた。啄《ついば》むようなキスを繰り返しながら、唇が離れた拍子に甘えた声で囁《ささや》く。

「大好きだよ、藍堂。いつまでも、僕のそばにいてね」

「未来永劫《えいごう》に」

おまえだけを愛しているとも誓《ちか》われて、うっとりと微笑《ほほえ》んだ。

着物の裾《すそ》を割って入ってきた大きな手が内腿《うちもも》を撫《な》でて、官能の予感に胸を躍らせる。そのまま瞼《まぶた》を閉じてキス以上の行為に身を委ねようとした瞬間だった。

少し離れた低い位置から、遠慮がちな声がかけられる。

「あの……仲睦《なかむつ》まじくていらっしゃるのは、大変けっこうなのですが…」

「本気で時間が押してるんで、そろそろいいか?」

「これ以上遅くなりますと、さすがに不都合が生じるかと」

「首領様がいなきゃ、儀式を始められないし」

「『子安一年《こやすひととせ》の儀』に遅れては、面目《めんもく》が立ちません」

「里待望《たいぼう》の子宝だからな」

「瑠璃《るり》、玻璃《はり》!?」

元々は藍堂の守護霊獣《れいじゅう》の瑠璃と玻璃が交互に言い募った。

普段は主《おも》に維月の護衛を務める彼らは、本来は全長三メートルにも及ぶ獅子《しし》だ。今は黒と白の柴犬《しばいぬ》の子犬に似た姿を取っている。

瑠璃は黒柴で碧眼《へきがん》、フランクな言葉遣いだ。玻璃は白柴で紫眼、丁寧な口調で話す。

この毛色と眼《め》の色はそのままで、赤銅色と白い肌をした人型になるときもあった。ただし、頭には三角形の耳、腰にはふさふさの尻尾《しっぽ》が揺れるリアルなケモミミ美青年だったりする。

それぞれの額に、ひらがなの『る』、『は』と名前の一文字を表す梵字《ぼんじ》が描かれていた。

二人が仕《つか》える藍堂は、金鬼《きんき》という鬼の一族の長《おさ》だった。

鬼といっても、人間に悪さをするとされる昔話に出てくる普通の鬼とは違う。むしろ、人間とはあまりかかわりを持たず、人界と次元を隔てた異空間に暮らしている。

金鬼の特徴は名前のとおり、金色の長い髪だ。浅黒い肌、こめかみに生《は》えた二本の角《つの》、上唇からは牙《きば》も覗《のぞ》く。

身長は驚異の二五〇センチ、筋骨隆々《きんこつりゅうりゅう》とした立派な体格で、とにかく大きかった。

一六二センチで五〇キログラムもない華奢《きゃしゃ》な維月から見たら、巨体でしかない。

強面《こわもて》の鬼もいて、ポーカーフェイスで感情がわかりづらい。一、二歳の子鬼から成年鬼まで、男女関係なく全員が無表情だ。

人界に赴《おもむ》く際に限り、瑠璃と玻璃同様に藍堂も人型を取る。

維月を迎えにきた初対面の彼は、人間に合わせてか、鬼の姿よりもひと回り以上は縮んでいた。

それでも、身長は一九〇センチで長身のままの色白金髪美形になる。

一族の中で唯一、眼も金色の藍堂は金鬼の象徴のような風貌といえた。彼以外の鬼は、青色の眼だ。

太陽の化身《けしん》めいた神々《こうごう》しさも兼ね備えた藍堂は、霊力《れいりょく》と呼ばれる不思議な力をふるう。そのときに紅色に変化する瞳も相俟《あいま》って、仲間からも畏敬されていた。

なにしろ、彼の霊力は神仏にも匹敵《ひってき》するらしい。

病気やケガを瞬く間に治すのは朝飯前、やらないだけで他者の思考も読み取れる。そもそも、金鬼の里の創造主のひとりで管理者となれば、ほぼ万能だろう。

例外は、死者をよみがえらせることだけというから想像を絶する。

自らの左眼をくり抜いて宝石とし、維月のそばに置いて見守りつづけてきたのもその片鱗《へんりん》だ。

直径三センチほどの勾玉《まがたま》型をした、角度によっては金色に光るこのグリーンベリルというライムグリーンの宝石を、維月は左手に握りしめて生まれてきたらしかった。

維月の実家の小森家には《金色の宝石とともに生まれし者は鬼の花嫁なり》という伝承《でんしょう》があったそうだ。

まさか、自分の祖先が鬼と深いかかわりを持っていたとは知るよしもなかった。

ただ、維月専用のお守りだから肌身離さず持っておくよう両親に言い聞かされて、物心ついた頃からチョーカーにして身につけている。

突然、維月が通っていた大学に現れた藍堂に金鬼の里へ攫《さら》ってこられるまで、維月はなにも知らずにいた。

維月以外の家族は知っていて、自分にだけ黙っていたのは恨めしい。

宝石の正体を知ったあとも、藍堂は自身の一部が維月とともに在《あ》ることを望んだ。切なる願いを拒まず、これまで同様にチョーカーをつけている。彼も初めて会ったときと同じく、左眼を眼帯《がんたい》で覆《おお》った渋くて凜々《りり》しい姿だ。

そんな藍堂に、はるか遠い昔の誓いどおり嫁いで今に至る。

約束を交わしたのは、正確には維月ではない。維月の前世《ぜんせ》の人物で、平安時代に生きた志乃《しの》という維月の先祖だ。種族を超えて相愛になった藍堂の婚約者だった。

これにまつわる話に関しては紆余曲折《うよきよくせつ》あったが、今はとても幸せだと言い切れる。

新婚の醍醐味《だいごみ》を瞬《まばた》きするごとに満喫中《まんきつちゆう》といった具合だ。

それはともかく、人目も憚《はばか》らずいちゃついていた事実に恥じらった。頰が熱いのを自覚しつつ、慌てて瑠璃と玻璃に謝る。

「ご、ごめんね。瑠璃、玻璃。えっと……藍堂、下ろして?」

「名残惜《なごりお》しいが、仕方あるまい」

「うん。行ってらっしゃい」

「すぐに戻る。いい子で待っていろ」

「いつまでも子供扱いしな……っんふ」

不意打ちのディープキスで言葉を遮《さえぎ》られてしまった。

洋服と和服が混ざった儀式用の黒ずくめの衣装を着た藍堂の襟元《えりもと》を、思わず摑《つか》む。

瑠璃と玻璃がいるのにと思いながらも、与えられる快感に逆らえなかった。

「んうぅ……んっん…っ」

「くちづけをしたがっていたからな」

「そ…だけ、ど……ぁ」

「行ってくる。愛《いと》しの我が花嫁」

硬質だが甘やかな声がそう囁き、唐突にキスがほどけた。

まだ甘美《かんび》な感覚に酔いしれる維月がふと気づくと、畳《たたみ》の上に膝を崩して座っていた。

ゆっくりと見回した周囲に、藍堂の姿はすでにない。どうやら、儀式を行う神殿まで霊力を使って瞬時に移動したようだ。

陶然《とうぜん》と指先で唇に触れていたら、瑠璃と玻璃が駆け寄ってきた。

「お～い。眼を開けたまま気絶中か？」

「首領様の接吻《せっぷん》ならば、快感のあまり失神もありえそうですしね」

「あのね、ちゃんと意識はあるから！」

「そりゃあ、よかった。しっかし、相変わらず愛されまくってるな」

「日々、睦み合っていらっしゃって微笑ましい限りです」

「う……」

キュートな姿の二人から藍堂とのいちゃつきをからかわれて恥じ入る反面、あらためて幸せを嚙《か》みしめる。

金鬼の里で暮らし始めてから、早くも一年が経《た》った。先日、維月の二十一歳の誕生日を彼と祝ったばかりだ。

里での生活にも、鬼たちにもすっかり溶け込んでいる。

ここには、維月がいた世界にあった便利な物や施設等はいっさいなかった。家電類をはじめスマートフォン、コンビニエンスストア、銀行、病院、電車、自動車もない。

電気もなくて照明は蠟燭《ろうそく》という、素朴《そぼく》な暮らしだ。

景色や動植物など、見るものすべてが維月の常識を超えていた。

昼間なのに青空に浮かぶ三つの月、七色以上ある虹、双頭《そうとう》で翼《つばさ》が四枚ある鳥、成猫サイズのトンボ、極彩色《ごくさいしき》に光る魚、頭部に毛が生えたトカゲ、人の顔くらいの大きさの花、天《てん》狗《ぐ》、河童《かっぱ》、空飛ぶ馬と挙げればきりがない。

家の間取りもインテリア類も鬼サイズで、維月が知るものよりひと回りは大きい。着る物は和服で、慣れるまでにけっこうかかった。食糧は自給自足で、鬼専用の薬も専任の担当者が薬草を使ってつくっていた。

大学の薬学部で勉強していた知識を鬼用の薬づくりに役立てられるのも、里に馴染《なじ》めた要因かもしれない。

食事は和食オンリーだけれど、人間のものと変わらずに助かる。

はじめの頃は、なにかにつけて戸惑った。家族や友人と会えない日々にホームシックにもなりかけた。

人界に帰れる出口を探して、屋敷を何度も抜け出したりもした。そのつど、藍堂はなにも言わずに迎えにきた。

彼だけでなく、里の鬼たちも維月を温かく受け入れてくれた。

おかげで、のどかでシンプルな暮らしも悪くないと徐々に思えた。

藍堂の両親にも、大歓迎されている。頻繁《ひんぱん》に会いたいと言われているが、渋りながらも藍堂が譲歩して月に一度、彼らの家に二人で行っていた。

維月の家族も、小森家の言い伝えで承知の藍堂がお気に入りだ。あまりにも彼を好きすぎるのが嫌で、輿《こし》入れ以来、一度しか実家には帰っていなかった。

「それにしましても、維月様は御髪《おぐし》がずいぶんと伸びましたね」

「もう少しで結べるな。長いのも似合ってるぞ」

「そっかな。ありがとう」

瑠璃と玻璃の指摘に、漆黒の髪を一房摘《つ》まんで照れ笑いした。

もとの髪型のまま伸びているだけなので、見苦しくはないはずだ。

髪もだが、藍堂いわく維月の体質も金鬼のものに変わっているという。不老不死になったと言われても、自覚があるのは夜目《よめ》が利《き》くようになったことくらいだ。

角や牙が生えるなどの際立《きわだ》った変貌《へんぼう》はなく、実感はあまりわかなかった。

愛する藍堂と同じ種族になれて、これからもずっと一緒にいられるのはよかったと思っている。

「維月様の新たな魅力に、首領様はさらなる虜《とりこ》におなりでしょう」

「おう。早くお子を見たいもんだな」

「そう！　それなんだよね」

「いかがなさいました、維月様？」

「どうしたんだ？」

瑠璃の発言に、維月は真剣な顔つきでうなずいた。

里に来たばかりの頃に瑠璃と玻璃が言っていた『藍堂の子を維月が孕《はら》む』という話が、最近気になっている。

もちろん、男の自分が妊娠するなんて医学的にはありえない。けれど、藍堂の霊力を以《もっ》てすれば、なんでもアリな気がしなくもなかった。

そう思っても、まだ人間の感覚が抜け切れずに問いかける。

「僕って、ほんとに子供を授かれるの？」

「当たり前だろ」

「もちろんでございます」

即答した瑠璃と玻璃は自信満々だ。なにを今さら、当然のことを訊《き》いているのだと言わんばかりの口ぶりだった。

藍堂との間に愛の結晶ができるのなら、ものすごくうれしい。

一年前と意識が変わった認識は自分でもあった。そう思えるくらい彼を愛している。

藍堂によく似た金髪金眼の赤ちゃん鬼を想像しただけで、頬がゆるんでしまう。

間違いなく確実に可愛《かわい》いとわかるせいだ。とはいえ、金鬼一族は生殖能力が極めて低い。

不老不死の弊害にしろ、昨年、里の女性鬼が妊娠したのも二五〇年ぶりと聞いた。

滅多にない慶事だから、わざわざ盛大な儀式をするのだろう。

藍堂は今日、それ関係の行事に出向いていったのだ。

つまり、子供をもうけるのは容易ではないのかもしれない。その証拠に、ほとんど毎日アグレッシブに藍堂と抱き合っているが、子宝に恵まれる気配はなかった。

いつ妊娠してもいいように、健康な身体《からだ》づくりには積極的に取り組んでいた。うれし恥ずかし、維月流のいわゆる妊活《にんかつ》だ。

たとえば、食事は好き嫌いせずにバランスよく摂《と》る。できるだけ規則正しい生活を心がける。瑠璃と玻璃につきあってもらって、適度な運動をするなどだ。加えて、藍堂との性生活にも張り切って臨《のぞ》んでいる。

求められたら断るなどもってのほかで、昼夜を問わずに愛し合った。

生物学的には無意味でも、彼の精を注がれたあと、精液が細胞の隅々まで浸透するように下半身をくねらせてもいる。

藍堂に気持ちを確かめてみたら、優しい笑顔で『いずれは』と返されて、藍堂ジュニア誕生への夢がいちだんとふくらんだ。

女性鬼の一般的な妊娠・出産については、花嫁の薫陶《くんとう》を受けたときに翠嵐《すいらん》から学んだ。

翠嵐というのは藍堂の側近で、代々首領に仕える家系らしい。藍堂の身の回りの世話から、仕事の補佐まで忠実にこなす。藍堂よりもちょっとだけ甘い顔立ちの美鬼だ。

翠嵐に限らず、里の鬼たちと瑠璃と玻璃も、藍堂をこよなく敬《うやま》っていた。

ちなみに、藍堂と翠嵐の血筋以外の鬼は、彼らのような霊力は持たないそうだ。

金鬼の妊娠期間は人間より倍以上も長い二十四ヶ月、つまり二年間もある。身重《みおも》の期間が長期にわたる上、流産しやすいため、半分の一年間を無事に過ごせた『子安一年の儀』

を祝うのだ。

　誕生後は三歳で大人とみなされるからか、母胎《ぼたい》でほぼ完成されて生まれてくるのだろう。出産時の赤ちゃん鬼の体重は四キログラム程度と案外、軽かった。

　巨軀を誇る金鬼にしては、とてもミニサイズだ。

　小さく産んで大きく育てる典型例らしく、出産方法は自然分娩《ぶんべん》だとか。

　それらを思い出しつつ、維月が瑠璃と玻璃に再び訊《たず》ねる。

「じゃあさ、僕はどういう仕組みで妊娠するのかな？」

「俺たちには答えられないんで、首領様に訊いてくれ」

「もう訊いたよ。でも、『そのときになればわかる』としか教えてくれないんだもん」

「首領様がお答えにならないものを、わたくしどもが口にはできません」

「こっそりでいいから」

「首領様が治《おさ》めてるこの世界で、内緒になんかできるわけないだろ」

「瑠璃の申すとおりです。あきらめてください、維月様」

「つまんない。翠嵐からも訊き出せなかったし。みんな知ってるのに、ずるいよ」

　相変わらず謎《なぞ》は解けずに、がっかりした。男の維月を妊娠させるのは、藍堂をしても、やはり大事《おおごと》なのかもと内心で溜《た》め息《いき》をつく。

　それでもと、自分が身ごもったと仮定してみた。

万が一、なんらかの肉体的・精神的苦痛やリスクを伴うとすれば怖かった。いっそ藍堂のほうが妊娠したら、なにも問題ないのではと思いつく。

名案のはずが、屈強《くっきょう》すぎる隻眼《せきがん》の妊夫《にんぷ》像が脳裏に浮かんで、微妙な面持《おもも》ちになった。

悪くはないけれど、なんとなく彼のイメージにそぐわなくて、直《ただ》ちに打ち消す。

自分が引き受けようと考え直し、不安は藍堂に取り除いてもらおうと決めた。その流れでいつにも増して想像が逞しくなり、瑠璃と玻璃に疑問をぶつける。

「ところで、男の僕でもつわりはあるの？」

「なんだって？」

「急に吐き気が込み上げてきて、トイレに駆け込んで吐く感じ？」

「はい？」

「あとは、食べ物の好みが変わったりする？　お米が炊《た》ける香りがだめになったり、酸っぱいものばかり欲しくなったりとかね。胎教《たいきょう》はどうなんだろう？　そうそう。妊娠検査薬は使える？　人間の場合はね、受精卵が着床《ちゃくしょう》すると、胎盤《たいばん》の中でｈＣＧっていうヒト絨毛性性腺《じゅうもうせいせいせん》刺激ホルモンがつくられるんだけど、鬼の場合はどうなのかな。それと、僕は男だけど、お腹は大きくなるの？　僕も自然分娩？　元は人間だから、帝王切開《ていおうせっかい》とか？　どっちにしても、痛そうだよね……あ！　これもすごく大事な問題だった。赤ちゃんは母乳ならぬ、父乳《ふにゅう》で育てる？　というか、僕はお乳が出るの？　出産後は藍堂もイクメンになってくれるかな？　瑠璃と玻璃も子守を手伝ってもらえる？」

「いや、その…」

「なんと申しますか…」

突然、質問攻めにされた瑠璃と玻璃が珍しく口ごもった。かなり困惑した彼らの様子で我に返る。

「ごめん！　僕ってば、つい妄想が暴走しちゃった」

「まあな」

「どうか、お気になさらず」

「ほんとにごめんね」

困らせるつもりはなかったので、慌てて答えはいらないと言って謝った。その後、子柴姿の二人と散歩がてら出かける。

森の奥にあるお気に入りの湖《みずうみ》に行った。仲良くなった河童の子と水泳で競《きそ》う。妊活の運動を兼ねているので夢中になり、時間を忘れてしまった。

仕事から戻った藍堂が湖まで迎えにきてくれて、一緒に屋敷へ帰った。

翌朝も、維月は幸せいっぱいで藍堂の胸元で目覚めた。戯《たわむ》れ合いながら起きて、藍堂は翠嵐の、維月は藍堂の手を借りて身支度《みじたく》を整える。

彼は深緑の着物に紺鼠《こんねず》の帯を締め、着物と共布《ともぬの》の眼帯をつけていた。維月のほうは藤色の着物に銀鼠《ぎんねず》の帯というスタイルだ。

翠嵐が下がったあと、朝食の席で思い出したように藍堂が言う。

「おまえに話があった」

「なに？」

「三日後、客が訪ねてくることになった」

「！」

金鬼の里に来客なんて、維月が嫁いできてからは初めてだった。彼が言うには、本来は数百年に一度あるかないかのことらしい。

思いがけない出来事に双眸《そうぼう》を瞠《みは》り、興味津々《しんしん》で訊き返す。

「誰が来るの？」

「長年の友だ」

「そのお客さんは、金鬼じゃない別の種類の鬼？」

「違う」

「じゃあ、意外なところで人間とか？」

「いいや。神だ」

「か……!?」

想定にすらなかった返事に、さすがに絶句してしまった。

輿入れ以来、維月の短い人生でも未経験のことばかりあったので、もう驚くことはないと思っていた。けれど、予想をはるかに超えた『神』という答えに、目の前にいる藍堂を愕然《がくぜん》と見つめる。

真顔で冗談を言っている様子はなく、本気なのだとわかった。

友達が神様だなんて本当かと半信半疑になったが、彼ならありえそうだ。

交友関係まで異次元レベルなのかと呆然《ぼうぜん》としながらも、なんとか立ち直って訊く。

「えっと、あの……神様って、どういう……？」

「黄泉《よみ》の国を司《つかさど》る黄泉神《よもつかみ》だ。名を静闇《せいあん》という」

「……激しく本格的だね」

静かなる闇《やみ》とは、死者の国を支配する神様の名前にふさわしい気がした。

淡々と返した藍堂が、客人についてさらに説明してくれる。

黄泉の国は死者が生前に犯した罪の罰《ばつ》を受けるところではなく、死後の行き先が決まるまで死者の魂を一時的にあずかる場所だとか。

黄泉の国や黄泉神のことは、維月も子供の頃に日本神話で読んだ。てっきりフィクションだと思っていたのに、まさか実在し、当の神様本人（本神？）に会えるとは考えてもみなかった。

静闇は神様なので当然、不老不死で変幻《へんげん》自在《じざい》だが、通常は人の姿を取っている。藍堂よりも格段に長く生きていて、霊力もわずかに強いらしい。

　ふと、単純な疑問が浮かんだ維月が首をかしげて質問する。

「人型の神様も、あなたみたいにおっきいの？」

「我らの一族と比べれば小柄だ。無論、おまえのように華奢ではないが」

「細《ほそ》マッチョなのかな」

「まあ、そうだな」

「あなたは太《ふと》マッチョどころじゃなくて、極太《ごくぶと》マッチョだよね」

　神仏レベルの霊力を持つ藍堂に、理解不能な言葉はなかった。

　維月がインターネット関連用語を言っても、普通に会話が成り立つ。どんな発言をしようと、いつも正確に把握していた。

「どれが、おまえの好みだ？」

「僕は、あなたでありさえすればいいの」

「そうか」

「うん。どんなあなたでも大好き」

　静闇の具体的な仕事内容を聞きつつも、隙あらば、いちゃつく。

　黄泉の国にやってきた死者の魂の行き先が決まって、そこへ無事に送り出すまでの間、彼らの魂を保管し、保護することが務めだという。

審判を下すのは閻魔《えんま》大王の役割で、天国・地獄・煉獄《れんごく》・復活・転生の五種類ある。

閻魔大王が地獄から黄泉の国に出張してくるというのも初耳だった。それ以上に、その審判の中身が気になった維月が小声で呟く。

「トリアージ的な選別が微妙な気が…」

「維月？」

「黄泉の国は日本神話なのに天国と復活はキリスト教で、煉獄はたしか、その中でもカトリック独特の概念だよね。地獄はともかく転生は仏教って、五つの選択項目が異教混合すぎるんじゃ……？」

「詳しいな、維月」

「ウチは神道《しんとう》だけど、母方《ははかた》の家系は仏教で、僕は幼稚園がミッション系だったから自然と頭に入ってたんだ……じゃなくて！」

「ん？」

重要な任務のはずが、選択肢がざっくりしていて驚きだ。

なぜ神道で統一されていないのかとこぼした維月に、藍堂があっさり答える。

「教義の垣根《かきね》を越えて、よいところを取り入れたと言っていたな」

「……神様がパクり？」

「閻魔大王とも相談して決めたそうだが」

「……黄泉の国の神様と、地獄の王がグルなんて…」

しかも談合までと、信じられないとばかりにかぶりを振る。

率直な感想というか、遠慮のないツッコミを入れまくった。

苦笑しながらも、藍堂は神たち相手に不敬だと怒ったり、呆《あき》れたりもしない。わかりやすくきちんと応じてくれる。

「合理的な判断に基づいただけだろう」

「そうとも言えるけど」

「けど、なんだ？」

「復活ってなに？　転生はわかるよ。でも、死んだのに生き返るってどういうこと？　ゾンビとは違うの⁉」

「まだ黄泉の国に来る運命《さだめ》ではない者が、なにかの間違いでごく稀《まれ》に命を落としてしまう例があるらしい。その者たちに対する措置《そち》だ」

「…ふうん。じゃあ、あんまりないことなんだね」

「転生ほどではないはずだ。本来、転生もさして多くはない」

「そうなの？」

「ああ。そもそも、おまえを小森一族の輪廻《りんね》に組み込んで転生させる采配《さいはい》をしたのは、ほかでもない私だからな」

「え⁉」

黄泉の国とは無関係の部外者なのにと双眼を瞬《しばた》かせた。それ以前に、そんなことまでできる藍堂の霊力に驚愕する。

さすがに、転生日は指定できなかったと肩をすくめた彼を呆然とした眼差しで見遣って訊ねる。

「…そんなことをして、友達の神様と、閻魔大王に怒られなかったの？」

「そうなる前に、話をつけに行った」

「大丈夫だった？」

「二度目はないと釘《くぎ》を刺されたが、終始《しゅうし》、穏便《おんびん》に話せた」

「ちょっぴり叱《しか》られたんだね」

「彼らの務めに無断で干渉《かんしょう》したのだから、当然だろうな」

「僕のせいで喧嘩《けんか》にならなくてよかった」

藍堂いわく、静闇とはそれまでも互いの存在は認識していたが、接点や親交はなかったという。

話し合いのために藍堂が初めて直接、黄泉の国に足を運んだ。そこで閻魔大王を交《まじ》えて静闇に会い、詳しい経緯を話した。

わりとあっさり、二人は事情を理解してくれたらしい。そして、黄泉の国での維月のことをあらためて頼んだ。

それ以来、三百年置きに顔を合わせる程度ながら、静闇と交流が生まれたとか。

かつては志乃として生きて死に、新たに維月として現世《げんせ》に転生するまでの間、維月の魂に寄り添っていた藍堂の左眼である宝石ごと、静闇は快《こころよ》く守護しつづけてくれた。

もちろん、藍堂と維月の関係も知っているそうだ。

前世についての確かな記憶は、維月にはない。当然、黄泉の国で世話になった静闇についても覚えていなかった。

「じゃあ、会うのは三百年ぶりなの？」

「いや。二十二年ぶりだ」

「ずいぶん、はっきりと覚えてるんだね」

「おまえにかかわることだからな」

「僕？」

「そうだ」

小首をかしげた維月に、藍堂が滲《にじ》むように微笑んだ。

愛しくてたまらないといった眼差しが面映《おもは》ゆく、頬が火照《ほて》る。伸びてきた長い腕に抱き取られて、胡座《あぐら》をかいた彼の膝の上に横抱きにされた。

間近で見つめ合いながら、低い声が甘さを含んで答える。

「静閻と前に会ったのは、おまえの転生を知った日だ」

「！」

「積年、待ち焦がれていた瞬間だった」

「藍堂……」

千年以上も維月を待ちつづけてくれていた藍堂の深い想《おも》いが伝わってきて、胸がキュンとした。

二十二年前、維月が転生することになったと閻魔大王から聞いた静閻が、里まで知らせにきてくれたそうだ。それまでは、顔を合わせるときは神である静閻を尊重する藍堂が黄泉の国に出向いていた。

今回は、輿入れした維月が落ち着いたのを見計らい、結婚祝いに前回に引きつづき静閻のほうが訪れてくるらしかった。

「僕たちの結婚祝い⁉」

「そのように聞いている」

「神様がお祝いしてくれるなんて、御利益《ごりやく》が超ありそう」

「そんなものか？」

「うん。ビッグサプライズだよ」

互いの身内や里の鬼たち以外からの祝福は初めてだった。しかも、わざわざ足を運んでくれる気遣いが心憎い。

維月が藍堂に友人を紹介するのは難しいが、逆はなんだかうれしかった。

「あなたの大切な友達だから、丁重《ていちょう》におもてなししないとね」

「それほど気負う必要はないが」

「だけど、ちょっと待って」

「どうした？」

「神様を相手にするのなんか初めてだし、もし失礼なことをしちゃったら……？」

「維月？」

「……どうしよう。めちゃくちゃ緊張してきちゃった」

浮かれていたのも束《つか》の間《ま》、にわかに不安が込み上げてきた。

なにか無礼を働いたら、やはり罰《ばち》が当たるのだろうかとブルーになる。

黄泉神だから、黄泉の国にいる地獄と煉獄行き決定の亡者《もうじゃ》の恐ろしげな苦悶《くもん》の声を無限ループで聞かされるとか。

または、維月の転生を取り消されてしまうとか。もしくは、五センチ先すら見えない漆黒の闇の中に、ひとりで閉じ込められるとか。

暗いところが苦手な維月にとっては、暗闇の刑は拷問《ごうもん》に等しい。

転生の取り消しは、藍堂と引き離される刑だ。一秒たりとも耐えられない、まさに究極の罰だった。

自分の妄想に疲弊《ひへい》し、頬に両手を添えて力なくうなだれる。

「……僕、おもてなしは無理かも…」

「心配しなくとも、気さくな方《かた》だ。黄泉の国でおまえを見守っていたときも、ずいぶん気に入っていた」

「僕のことを？」

「ああ。私には不本意な事実だがな」

神様相手に妬《や》くふりまでして宥《なだ》めてくれる彼に、ほっこりした。維月の背中を撫でてくれる大きな手からも温《ぬく》もりが伝わってきて、緊張がほぐれていく。

静闇の性格が温厚で優しいともつけ加えられた。

おかげで、だんだんと安心してくる。いつまでもくよくよしないで意識を切り替えられるのが自分の取り柄《え》でもあった。

心を込めて接すれば、きっとうまくいくと自信を持つ。そうやって、里の鬼たちとも仲良くなれた実績もある。

本物の神様をナマで見てみたい好奇心もなくはなかった。それに、せっかく藍堂の友人を紹介してもらえるのだ。

維月が静闇と親しくなれたら、藍堂も喜んでくれるに違いない。

愛する人のためになら、なんだって頑張れる。

そばにある金色の右眼を見つめて、決意も新たに告げる。

「僕なりに一生懸命、おもてなしするね」

「もう大丈夫なようだな」

「うん。静闇様に会うのが楽しみになってきたよ」

「そうか」

「元気づけてくれて、ありがとう」

「私のほうこそ、友の訪れを喜んでくれて礼を言う」

「どういたしまして」

それから三日間、屋敷に仕える鬼たち総出で客を迎える準備が始まった。

静闇に使ってもらう部屋の掃除《そうじ》から、使うかどうか不明な寝具の用意も滞《とどこお》りなく進む。

神様のイメージどおり、食事は摂らない静闇だが、酒は好きで大量に飲むらしい。それに備えて、台所にはたくさんの酒樽《さかだる》が運び込まれた。

この酒は里でつくられたものだ。維月が飲んだのはフルーティなテイストで口当たりがよく、美味《おい》しかった。辛口のものもあると、仕込み担当の鬼が言っていた。

酒の肴《さかな》を中心に、宴《うたげ》に出席する鬼用のご馳走《ちそう》の手配も整えられていく。

維月も手伝いたかったけれど、家事が苦手なので応援に徹した。

すぐに、当日はやってきた。午後から、翠嵐を伴った藍堂と一緒に静闇を迎えにいった。

そこは外界《がいかい》と里の唯一の入口で、一見、普通の緑豊かな平原《へいげん》だ。この一区画に厳重《げんじゅう》な結界《けっかい》が張りめぐらされているとは思えない。

その結界を今だけ一時的に解くらしかった。

藍堂は鳶茶色《とびちゃいろ》を基調とした綾織《あやおり》の着物にこげ茶の帯を締め、眼帯は着物と共布だった。

維月は淡いグレーの着物に黒系の帯を合わせている。翠嵐は薄水色の着物に紺色の帯を締めて、金髪を結んでいない藍堂とは違い、ポニーテールにしていた。

本当は儀式用の正装を身につけようと思っていた藍堂と翠嵐に、堅苦しくしないでいいと静闇から事前に伝えられたとか。

結界付近に到着してほどなく、ふたつの人影が忽然《こつぜん》と現れた。

維月たちから三メートルほど離れた位置だ。

静闇がひとりで来るはずではと訝《いぶか》ったが、神様にお供《とも》がいてもおかしくないと考え直す。

それにしてもと、あらためて来客二人を眺《なが》めた。

たしかに金鬼よりは小柄だが、維月から見れば充分に大きい。どちらも推定二百センチ近くは身長がありそうな、二十代くらいに見える青年だ。

両者のうち背が高いほうに、おもむろに歩み寄った藍堂が恭《うやうや》しく声をかける。

「ようこそ、お越しくださいました。静闇」

「藍堂。出迎え、ご苦労だな」

「こちらこそ、ご足労いただき恐縮です」

「なに。わたしが好んで来たまでのこと。しばらくの間、厄介《やっかい》になる」

「どうぞ、ごゆっくりなさっていってください」

静闇の名前に敬称こそつけていないけれど、藍堂が畏《かしこ》まった話し方をするのはとても珍しかった。

おそらく、自らの両親に対してくらいしかないことだ。

友人とはいえ、神様の静闇に敬意を払っているのがわかる。

初めて見るナマ黄泉神の静闇を、維月は密《ひそ》かに観察した。精悍《せいかん》に整ったルックスの藍堂とは、また趣《おもむき》が異なる美形だった。

黄泉の国から連想される、おどろおどろしさは微塵《みじん》もない。極めて優雅でノーブルな印象を受けた。

満天の星が輝く夜空のような暗碧《あんぺき》の眼と、膝下までありそうな同色の長い髪はひとつにゆるく編んで左肩から垂らしている。

長髪の理由は、髪が霊力の源《みなもと》だからと藍堂に聞いていた。

濃紺の無地の着物に黒い帯を締めたシックな装いも似合っている。

とりあえず、静闇が優しそうな雰囲気で安堵を覚えた瞬間、藍堂と言葉を交わす静闇と目が合った。

慌てて会釈《えしゃく》するよりも早く、静闇がゆったりと歩み寄ってくる。

眼前で足を止めた彼に、見下ろされながら話しかけられる。

「そなたが藍堂の花嫁だな」

「そうです。初めまして」

「見事だ」

「え？」

「転生後も、あのときの魂のままに清雅《せいが》とは、なんとも興味深い」

「えっと、あの……っ⁉」

悠然と両腕が伸びてきて、いきなり抱きしめられた。

思いもかけない行動に驚き、静闇の胸元で固まってしまう。藍堂の友人兼神様を両手で押しやるのも、ハグし返すのも失礼かもしれなくてためらわれた。

戸惑っていた矢先、身体を離されてホッとする。

「遅ればせながら、婚姻おめでとう」

「あ、ありがとうございます」

「ここでの暮らしには、もう慣れたのか？」

維月の顔を覗き込むようにして、にこやかにつづけられた。

そこはかとない貫禄《かんろく》は感じるが、神様のわりに気難しさや近寄りがたさは感じられない。藍堂が言っていたとおり、気さくなタイプらしかった。

引きつりぎみの頬がゆるみ、自然な笑顔を浮かべて応じる。

「はい。つつがなく過ごさせていただいております」

「そうか。……うむ。資質も変化ずみとみえる」

微《かす》かに眼を眇《すが》めた静闇が、維月の全身をくまなく見て呟《つぶや》いた。

人間から金鬼に体質が変わったことを指していると察し、素直にうなずく。

「これで、伴侶とずっと一緒にいられるようになりました」

「幸せそうでなによりだ」

「静闇様と閻魔大王様のおかげです」

「藍堂も、だろう?」

「皆様に感謝しています。あ! 申し遅れましたが、僕は小森維月と申します。今日は、静闇様にお目にかかれて大変光栄です」

謝礼も込めた挨拶をすると、静闇がいちだんと笑みを深めた。

にこにこしながら、忘れていたとばかりに指を鳴らす。その直後、なにもない空間から茶箱《ちゃばこ》サイズの木製の箱が唐突に出現した。

静闇の霊力に双眸を見開いている維月の前で、その蓋《ふた》がひとりでに開く。

「わあ！」

「婚礼祝いだ」

「こんなにいいんですか⁉」

「遠慮なく受け取るがよい」

箱の中には、反物《たんもの》がびっしり入っていた。華麗なものや大胆な模様のもの、上品で落ち着いた色合いのものなど、見える範囲だけでも種類が豊富だ。

これだけあったら、美しい着物がたくさんつくれそうだった。里の皆にも分けてあげられる。

素敵な贈り物に感激し、反物から静闇に視線を戻して礼を述べる。

「素晴らしい品をありがとうございます。とってもうれしいです！」

「それは重畳《ちょうじょう》。実に、愛《う》いやつだ」

「えっ？」

弾《はじ》けんばかりの無邪気な笑顔を向けた自覚は、維月にはなかった。だから、静闇が再び抱きすくめてきて、髪に顔を埋《うず》めてきたのも驚く。

一方で、どことなく藍堂の両親を彷彿《ほうふつ》とさせる言動が微笑ましくもあった。

彼らにも欧米人並みのスキンシップをされているので、静闇にも早々に好印象を持つ。

そこへ、さらなる誘いを受ける。

「今度、黄泉の国にも遊びにくるとよい」

「関係者じゃない僕が行ってもいいんですか？」

「藍堂も訪れている。それに、管理者であるわたしが許可すれば問題ない」

「じゃあ、いつか藍堂とぜひ！」

「歓待《かんたい》しよう」

黄泉の国への訪問を快諾したら、髪から顔が離れたのがわかった。見上げた先に、満更《まんざら》でもないという表情の静闇がいる。

親しくなれそうな予感に、ひとまず安心した。

「そなたと再会できて感慨深い」

「その節はお世話になったそうで、ありがとうございました」

「見守っていた頃とまったく変わらない無垢《むく》な魂が、なんとも可憐《かれん》だ」

「当時のことを覚えていなくてすみません」

「それはかまわぬが、魂のみならず、姿もこれほど楚々《そそ》として麗《うるわ》しいとはな」

「とんでもないことです」

「そうだ。わたしがこちらで厄介になる間、藍堂には務めもあるだろう。かわりに、そなたが里を案内してくれるか？」

「もちろんです」

任せてくださいと引き受けた。藍堂の友達から好感を持ってもらえたようでよかった。滞在中、もっと親しくなれたらいいなと思う。

腕をほどかれた維月が藍堂に視線をめぐらせる。

彼はもうひとりの客と接していた。その客人も、静闇と同じくらい美貌の青年だった。違いは、異様なほど人目を惹《ひ》きつける点だろう。

銀色の髪は肩まであるストレートのワンレンボブで、切れ長の眼は淡い翠色《みどりいろ》だ。身長は目測で一九〇センチ弱くらいか。黒地にショッキングピンクという派手派手しい着物に金ピカの帯を締めた身体はスレンダーで色が白い。襟足を大きめに開けて着ているせいか、首の細さが強調されていた。

藍堂も彼も小声なので、会話の内容は聞き取れない。

気のせいか藍堂のまとう気配が硬くて、どうしたのかなと心配になったときだ。

「⁉」

上目遣いに藍堂を見上げながら、胸元に美青年が不意にしなだれかかるようにして首をかしげて片頰を寄せた。その拍子に、麗人の頭頂部にある小さな角が一本見えて、彼が鬼だとわかる。

「ああ。言い忘れていた」

「……静闇様……？」

維月の目線を追って疑問を読み取ったらしい。藍堂と一緒にいる佳人について、静闇が紹介してくれる。

「あの者はわたしの従者のようなもので、香艶《こうえん》という名の鬼だ」

「金鬼とは別の種類の鬼ですよね」

「うむ。だが、金鬼同様に魅力的な一族でな。今回はどうしてもと同行を申し出られた。わたしもひとりは味気ないし、めでたいことなのだから頭数《あたまかず》は多いほうがよいかと思ったのだ」

「お心遣い、恐れ入ります」

今の説明で、藍堂にとっての翠嵐みたいなものと受け取った。

静闇以外にも、祝福に駆けつけてくれる存在がいたなんてと胸を打たれる。しかも、種類は違うにしろ、同種族の鬼というのがうれしかった。

香艶の外見は角以外に鬼の特徴は見当たらず、ほぼ人間と同じに見える。

訊きそびれた彼の詳細について、静闇に質問する。

「香艶さんは、どういう種類の鬼なんですか?」

「淫鬼《いんき》だ」

「どういう字を書くのでしょう?」

「淫乱の淫と鬼で淫鬼」

「え？　……淫……!?」

「そなたが危ぶむのも無理はない。たしかに淫《みだ》らと表すが、鬼の中で最高の美しさを誇る一族だ。『淫』には『度を超す』といった意もあってな。要するに、甚《はなは》だしい美を持つ鬼との意味になる」

「なるほど。そうなんですね」

わかりやすい解説に、すぐさま納得した。

藍堂や翠嵐も美丈夫だが、香艶の美鬼ぶりとは違っている。

いろんな鬼がいるのだなと感心しながら、ふと思いついた。もしかして、静闇だけではなく香艶も藍堂の友人なのだろうか。

藍堂に対する香艶の態度が、すごく打ち解けて映る。

初顔合わせとは思えないほど親密そうな雰囲気が、やはり気になった。

面識があるのか藍堂に訊ねる寸前、香艶が藍堂から身を離した。維月のほうに向き直り、微笑を湛えて口を開く。

「初めまして。おれは香艶。よろしくね」

「こちらこそ、初めてお目にかかります」

「藍堂様とはね、昔から親しくさせてもらってるんだよ」

「そうでしたか。よろしくお願いします」

「どうも～」

フレンドリーな口調での返事に、知り合いだからこその気安い様子だったのかと得心がいった。それはともかく、香艶が醸し出す独特の強烈な色っぽさに、鈍感な維月もさすがに気づく。

話し方や仕種《しぐさ》に、ハイパーな色香が滲み出ていた。

維月との会話中も、さりげなく髪を耳にかけたが、指先の動きまで艶《つや》っぽかった。語尾になると少し鼻にかかる声も、吐息まじりのセクシー系イケボだ。

こういうタイプが蠱惑《こわく》的とか妖艶《ようえん》と呼ばれるのかもしれない。

大人の魅力満点の香艶を『色気爆弾系美鬼《エロボム》』とこっそり名づけた維月に、彼が祝辞をつづける。

「それから、結婚おめでとう。最上の相手を捕まえたね」

「ありがとうございます」

「お幸せに」

「はい！　……あっ。遅くなりましたが、僕は小森維月と申します」

「知ってる」

にっこりと返されて、維月もつられて微笑んだ。

里の鬼たちも皆、優しいけれど、藍堂の友人もそうらしい。香艶とも親しくなれるとい

いなと思ったとき、そちらはと翠嵐を指して訊ねられた。

静闇とは知己《ちき》らしい翠嵐を、藍堂が香艶に紹介したあと、屋敷に戻ることにする。

金鬼の里を訪れるのは初めてという香艶のために、維月の提案で散策しながらだ。

もとどおり、藍堂が強固な結界を張った。反物入りの木箱は、翠嵐が先に持って帰ることになった。

予想外の香艶の来訪により、客室をもうひとつ整えるよう屋敷に仕える鬼たちに伝える目的もある。

藍堂の雰囲気は普段と変わらず、気のせいだったかもと思い直した。

道中、各自の仕事に勤《いそ》しむ鬼たち数名と行き合わせた。

基本的にポーカーフェイスの彼らは立派な体格もあって不機嫌そうに見えるが、気立てのいい者ばかりだ。

いつもどおりに声をかけて手を振る維月に、会釈で応えてくれる。

来客の件は皆も承知なので、静闇と香艶にも礼儀正しく頭を下げていた。

のんびりと歩を進める静闇が双眸を細めて言う。

「いつ来ても、のどやかなよいところだ。藍堂が手がけているだけはあるな」

「恐れ入ります」

「本当にいいね。おれも、隅々まで見て回りたいよ」

「結界に近づきさえしなければ、かまわない」

金鬼の里を高く評価されて、維月も自分のことのようにうれしかった。実際の故郷は人界だけれど、今となっては藍堂がいるこの里こそが維月の居場所だ。

香艶の問いにいそいそと答えているうちに、屋敷にたどり着いた。

藍堂と維月の私室からけっこう距離がある客間が、静闇に用意した部屋だ。そこからさらに少し離れた一室に、香艶は泊まってもらう運びになった。

それぞれの部屋に二人が案内されていき、維月も藍堂と私室に向かう。

室内に入った途端、無意識に大きな息をついていた。

「疲れたか?」

「え?」

「今、溜め息をついたな。静闇だけでも気を遣うだろうに、予定にない客がいて気疲れしたのではないか」

「違うよ。ちゃんとコミュニケーションが取れて安心しただけ」

「ならば、いいが」

「恒例の過保護病が出てるし」

「癖だ。よもや香艶が訪れるとは、私も知らされていなかった」

「気にしないで。香艶さんもお祝いに来てくれたんだもん。大歓迎だよ」

維月のこととなると、些細《ささい》な異変も見逃さないかまえの藍堂がくすぐったい。

両腕を彼に伸ばしたら、すかさず意を汲《く》んで抱き上げられた。体格差の都合上、太すぎて回り切れない胴を向かい合わせに両脚で挟むという、幼児が大人に抱えられているような格好だ。

目線が合った状態で見つめ合えるのがうれしい。

腰と尻をしっかり支えられているので、落ちる心配はなかった。

頼りがい抜群の肩口に頬ずりし、唇を啄んでから口を開く。

「そういえば、香艶さんとも友達なの?」

「静闇ほどの親交はないが、古いつきあいではある」

「彼も不老不死?」

「いいや。不老長寿だな。あの一族の平均寿命は三千年で、香艶はまだ半分も生きていないはずだ」

「それでも、千五百年近く生きてるんだ。充分、不死レベルだし」

維月の五十倍以上をすでに生きていて驚いた。考えてみれば、静闇も香艶も維月が知らない藍堂を知っているのだ。

友人と伴侶に見せる顔は違うにせよ、彼らが少し羨《うらや》ましくなった。

藍堂の話を聞かせてもらう楽しみができたとも思いながら言う。

「結婚祝いにいただいた反物で、里のみんなの着物がつくれそうだよ」

「まさか、それであんなに嬉々《きき》としていたのか」

「うん。ほかになにかある？」

「いや。いかにもおまえらしいなと」

「そうかな。ていうか、来年生まれてくる珊瑚《さんご》の赤ちゃんにも、神様からもらった反物で産着《うぶぎ》がつくれるなんてすごくない？」

「……そうだな」

「気が早いけど、僕たちの赤ちゃんの分もつくっていい？」

「……おまえは本当に…」

「なに？　……っんん、んぅう」

いきなり吐息を深くむさぼられて、双眼を見開いた。同時にきつく抱きしめられたので、すぐに息が苦しくなってくる。

キスをゆるめてほしいと、藍堂の肩口を叩《たた》いた。

願いは聞き届けられたけれど、唇同士は触れ合ったまま囁かれる。

「純真ゆえの無防備さは、如何《いかん》ともしがたいが」

「藍、堂…？」

「そういうおまえだからこそ、愛しいのも揺るぎない真実だ」

「どうかしたの？　僕、変なこと言った？」

「……里の皆や、まだ見ぬ子のことを想ってくれて感謝していると言いたかった」

「そっか。みんな喜ぶかな？」

「おそらくは……」

婚礼祝いの反物をお裾分けする案に同意を得て、彼の首筋に抱きついた。

戯れ合いに突入しようとした矢先、襖《ふすま》の外から声がかかる。

「失礼いたします。首領様、今よろしいでしょうか？」

「………」

維月の首筋に唇を這《は》わせていた藍堂が、小さく息をついて顔を上げた。スルーしたそうな表情の彼を目線で宥める。

返事がないことを訝るように、翠嵐が藍堂に呼びかける。

「首領様？」

「…ああ。なんだ、翠嵐」

「はい。歓迎の宴を催《もよお》す大広間においでいただけますか。準備の総仕上げについての確認及び、首領様がお気づきになった点があれば、新たな指示をお願いします」

「……わかった。すぐに向かおう。先に行っていてくれ」

「かしこまりました」

返事のあと、翠嵐の足音が遠ざかっていった。

来客が増えたせいもあり、藍堂に確かめたい事柄ができたのだろう。夜に控えた宴の支度は、万全にしなくてはならない。

彼と顔を見合わせて、額同士をつけた維月が告げる。

「静闇様と香艶さんを歓迎する宴だもん。最終的なチェックは大事な仕事だよね」

「まあな」

「つづきは、またあとでもいいし」

「ああ。さほど経たずに戻るつもりだが、ここで待っているか？」

「ううん。ちょっと、お風呂に入ってこようかなって」

「『つづき』のために、身体を清めてくるわけか」

「ち、違うしっ」

意味深な目つきで言われて、額を離して大急ぎで否定した。そんな意図はなく、歩いて帰ってきたせいで、単純に少し汗ばんだからだと訴えた。

「つづきっていうのは、宴が終わったあとのことだよ！」

「私を誘っておいて、指摘されると恥じらうのもおまえらしいな」

「あなたって、なんでときどき意地悪なの」

「おまえが可愛らしいのが悪い」

「僕のせいにしないで」

「本当のことだ。愛しすぎて泣かせたくなる」

「な……」

抱き合うとき限定だとも言い添えられた。

維月の臀部《でんぶ》を揉《も》みながら唇を舐《な》め、視線を絡めた藍堂が囁く。

「このまま愛したいが、だめだろうな?」

「だめだよ。翠嵐たちが待ってるんだから」

「では、涙を呑《の》んで行くとしよう。私が先に戻ったら、宴の席でおまえが着る着物を選んでおこうか」

「うん。僕が早かったら、一緒に選んでくれる?」

「わかった」

うなずいて畳の上に維月を下ろした藍堂が、目の前で片膝をついた。行ってきますのハグとキスを交わす。

顔が離れた際、維月が悪戯《いたずら》っぽく言う。

「チョーカー越しに、お風呂を覗いたら怒るからね」

「終始見ているわけではないと、おまえも承知のはずだ」

「さっき僕に意地悪した仕返しだもん」

「意趣返しすら愛らしくて困る」

危機が迫らない限り、コンスタントに無事を確認するだけで、声も聞かないようにしていると知っていた。

離れがたい気持ちを抑えて大広間に行く藍堂を見送り、着替えを手に浴室に向かう。

脱衣所の扉を開いた直後、慌ててしまった。屋敷に仕える鬼たちが珍しく手違いをしたのか、思いがけず香艶と鉢合わせたせいだ。

「あっ。す、すみません！」

「あれ？」

「大変、失礼しました。お先にどうぞ」

着物を脱ぐ直前だったのが、せめてもの救いだろう。ゲストの彼にその場を譲って踵《きびす》を返した維月に、屈託のない声がかかる。

「待ってよ。よかったら一緒にどう？」

「えっ」

呼び止められて無視はできず、ためらいがちに振り返った。

コケティッシュな笑顔を湛えた香艶と目が合う。どの瞬間でも艶《なま》めかしいというのは、一種の才能かもしれないと密かに感心した。

鬼仕様でワイドなつくりの脱衣所を大股で横切って、維月の眼前までやってきた香艶がつづける。

「もっとゆっくり話したいと思ってたんだよ」

「それは、僕もですけど」

「異種族に輿入れした感想はどう？　なにもかもが、今までの生活とは違うよね」

「えっと…」

「結婚生活ってどんな感じ？　身近に既婚者がいないから、すごく興味がある」

「そう、ですか」

「藍堂様との暮らしぶりも聞かせてほしいな」

「はあ」

静闇に劣らず、香艶もかなりフランクなタイプらしかった。

戸惑う維月の脳裏に、自分以外の誰かが維月の裸身を見ることは好ましくないと、藍堂が以前に言っていたのが浮かぶ。かといって、客の要望を聞き入れないのは、なんとも気が進まなかった。

そもそも、香艶は藍堂の長年の知人なのだ。ならば、裸のつきあいをしても大丈夫かなと結論づけて誘いを受ける。

「では、ご一緒させていただきます」

「やった！　じゃあ、ほら。早速、入ろう」

「はい」

持っていた着替えを棚にある籠《かご》の中に置き、身につけているものを脱いだ。

凝視しないように気をつけても、香艶のスタイルのよさはわかる。

腰の位置が高くて手足が長かった。長身で顔が小さいので、九頭身超えのスーパーモデルみたいだった。対して、痩《や》せっぽちな自分の身体がいたたまれない。

しかも、昨夜、藍堂に愛された痕《あと》が至るところに残っている。

香艶が隠していないから倣《なら》うしかないが、心なしか足早に浴室に移った。

内部は二十帖《じょう》ほどあり、天井に近い部分にはめ込まれた硝子から陽光が入ってきて明るい。床一面には簀《す》の子が敷きつめられていた。

中央にある大きな長方形型の浴槽は木製で、六畳ほどの広さだ。

深さは一五〇センチくらいあって、わりと浅めに湯を張る金鬼の習慣に助けられている。そうでなければ、維月の体格だと溺れてしまうだろう。

湯船に香艶と肩を並べて浸かった。肌によく香り高い薬草を粉末にし、入浴剤にしているため、湯が乳白色で胸元から下が隠れて安堵《あんど》する。

昔の藍堂のことを少し聞けて、さらに気持ちがほぐれていった。

話し上手な香艶につられて、ガールズトークのように恋愛話を中心に花が咲く。湯船からいったん出て、髪や身体を洗う最中も話しつづけていた。

また湯に入って話すうちに、畏まった口調はやめてほしいと頼まれて、維月も砕けた話し方になった。

「へえ。藍堂様が甘々《あまあま》なんて意外だな」

「すごく優しいよ。無愛想《ぶあいそう》だから、怖そうって誤解されちゃうのかも」

「嫉妬深くて束縛《そくばく》がきついとかはない？」

「そこまでじゃないけど、藍堂になら、僕はなにをされてもいいし」

「たとえば、契《ちぎ》るときも？」

「契っ……う、うん。まあ……そうだね」

「ありのままに聞かせて。藍堂様と肌を合わせるのってどんなふうなの？　いつも身体中に痕を残すやり方をするわけ？　感じすぎてよがり狂う？　やっぱり、あそこが壊れそうなくらい激しい？」

「……っ」

あまりにも際どい問いに、思い切りうろたえた。

恥ずかしいのでノーコメントを貫くと、香艶も引き下がってくれた。

話題を変え、気を取り直して会話を続行する。その途中、なぜか不意に彼が口を閉ざし、マジマジと維月を見つめてきた。

しばらくの間、まるでにらめっこ張りに見つめ合う。

不思議がる維月をよそに、香艶が端麗な眉を微《かす》かに寄せた。

「おれを見て、どう思う?」

「え?」

唐突な問いかけに、きょとんとなった。質問の意味が咄嗟《とっさ》にわからなかったが、どうにか考えて答えを絞り出す。

「美形だなとか、手足が長いなとか、色が白いなとか?」

「…ほかには?」

「そういえば、香艶さんは鬼なのに牙がないんだね」

「……一応はあるけど」

「そっか」

香艶いわく、人間の犬歯程度の牙が二本あり、上唇の内側に収まっていて目立たないという。

同じ鬼でも、金鬼とはいろんな面で違うのだなと再認識した。そんな維月に、なおもなにかないかと訊かれて、首をかしげながらも応じる。

「色っぽくてモテるだろうなって」

「それでなにか感じない?」

「なにって、別に」

「…………」

無言で表情を消した香艶が、湯をかき分けて少し離れていった。

盛大な溜め息もついていて、どうしたのだろうと訝る。

「香艶さん？」

「元々はただの人間のくせに、おれの魅力が通じないなんて生意気だよ。それに、こんな貧弱な身体で誰かを満足させてるなんて思えない。淫事《いんじ》も確実に下手そうだし」

「ん？」

なにか言われたが、早口のくぐもった呟きだったので聞き逃した。

訊ね返すと、再び笑顔になった彼が小さく肩をすくめる。さらにウインクしながら、からかうように答えられる。

「藍堂様のこと、心から愛してるんだなって」

「あ、うん。とっても」

「藍堂様も君を愛してるんだろうな」

「そうだと思う」

今のやりとりから、突如、話題が変わって双眸を瞬かせた。それでも、そのとおりなので照れながらも素直にうなずく。

口角を上げた香艶が片手で自らを扇《あお》いでつづける。

「のろけ話に当てられてのぼせそうだから、先に上がるよ」

「そんなつもりは…っ」

「ごちそうさま。じゃあ、またあとで」

「わかった」

湯船から立ち上がり、軽く手を振って浴室を出ていくスリムな後ろ姿を見送った。

直球すぎる発言が多いが、親しみやすい人という印象だ。初日だけでけっこう話せたことを、藍堂にも早く伝えたかった。

香艶から少し遅れて、維月も脱衣所に移動する。

着替えを置いていた籠からバスタオルを手に取り、身体を拭った。

お守りのチョーカーを真っ先につけようとして、ないことに気がつく。

「あれ？」

バスタオルを取る際、落ちてしまったのかもしれない。

裸のまま周囲を探してみたけれど、見当たらなかった。脱衣所と浴室にまで捜索範囲を広げても、成果はなくてさらに焦る。

「嘘でしょ……なんでないの⁉」

部屋着の作務衣《さむえ》を素早く着て、もう一度、隅々まで探した。

藍堂にもらった大事なものだからこそ、薬湯の成分で変質したりしないように外していたのが裏目に出た。

結局、五回も念入りに探したが、見つけられずに悄然《しょうぜん》となる。

ひどく動揺しながらも、懸命に自分を落ち着かせた。

あのチョーカーは藍堂の左眼でもある特別な宝石がペンダントヘッドになっているので、盗まれたのなら持ち主の彼にはすぐにわかるはずだから、窃盗《せっとう》は考えにくい。ならば、どこにあるのだろう。

少なくとも、浴槽の中を含めた脱衣所と浴室にはなくて途方に暮れる。

「……藍堂に頼るしかないよね…」

しょんぼりとした、かすれた声で呟いた。

なくしたと藍堂に言うのは心苦しい。けれど、もし黙っていても、チョーカーをしていなかったら絶対にばれてしまう。

なにより、彼ならば、所在を即座に突きとめられる。

深い溜め息をつき、覚悟を決めて風呂場を出た。香艶と話が弾んだ上、探し物に時間を割いたせいもあり、戻るのが遅くなった。

重い足取りでたどり着いた部屋に、すでに藍堂は戻ってきていた。

維月を認めて、包み込むような優しい眼差しを送ってくる。

「存外、遅かったな」

「うん。ちょっと想定外のことがあって」

「なんだ?」

「その……手違いで、香艶さんと脱衣所で顔を合わせちゃってね。僕がすぐに譲ろうとしたら、一緒にって誘われて。迷ったけど、あなたの古い知り合いだし、お客さんの頼みを断るのも失礼な気がして入っちゃった」

「そうか」

「ごめんね。怒った?」

微妙に声のトーンが低くなったようで、藍堂のそばに寄っていって座った。

胡座をかいている膝に手をのせて、端整な顔を見上げる。

「でもね、あなたの話を聞けて楽しかったよ」

「……どんな話だ?」

「閻魔大王との将棋で、あなたがいつも勝っちゃって閻魔大王を宥めてる話と、静闇様との霊力なしの飲み比べ対決の話」

「…ああ。ほかには?」

「もうないけど。一週間ぶっ通しで飲んで、引き分けだったんでしょ。すごいね。気分が悪くなったりしなかったの?」

「その後、二百年は酒を飲まなかったくらいには懲りた」

「そっか」

二度と飲み比べはしないとつづけた彼がまとう気配がいくらか和らいだ。けれど、まだ重大なことを伝えていない。

深呼吸のあと切り出す寸前、先に藍堂が口を開く。

「約束どおり、おまえの着物を選んだ」

「あ……うん。ありがとう」

「今宵は、この首飾りに合わせて萌葱《もえぎ》色にした」

「えっ」

そう言って、まるでチョーカーがあるように維月の首もとに触れてこられて驚いた。

もしかして、気づいていないのだろうか。そんなことがあるはずないと困惑する維月を着替えさせるつもりか、作務衣を脱がせていく。

困惑しながらも抗《あらが》わず、彼の手を受け入れた。裸身のまま片膝の上に座らされて、至近距離で見つめ合う。

全裸の状態なので、チョーカーがないのは明らかだ。

それでも、なにも訊かれず、普段と変わらない様子の藍堂が素肌を撫でてきた。

混乱に拍車がかかり、縋《すが》るように彼を見つめる。

「藍堂……」

「怒っているわけではないが、今回こそは明言しておく。今後、おまえの一糸《いっし》まとわぬ姿を私以外の者に見せるな」

「……そうする、けど」

「出迎えにいった先で、静闇がおまえに触れるのを見ただけでも嫉妬したものを」

「ただの挨拶だよ？　ご両親に会うときと同じだし」

「わかっている。おまえが私だけを愛してくれていることもな」

「うん。あの……あのね、藍堂。僕…」

「心から愛している。今すぐに、おまえが欲しい」

「そ……っんう」

熱っぽく囁かれたあと、唇を塞がれた。無防備な性器も大きな手にくるまれ、やわやわと揉み込まれる。

藍堂の愛撫《あいぶ》に従順な肉体が、フライングぎみのロケットスタートで反応した。

チョーカーのことを話さなくてはとか、宴までそんなに時間がないとか、また風呂に入り直す必要がとか、頭では承知だ。

それでも、勢い込んで妊活中の身では、求められて拒むという選択はなかった。

子宝を授かるチャンスは一回たりとも逃せない。

目の前の問題はひとまず棚上げにして、逞しい首筋に両腕を回した。

瞼を閉じて、長い金髪を指に絡めて彼の頭部を引き寄せる。

「ぁふ…んっん……んんぅ」

角度を変えて何度も、口角をぴったりと合わせてくちづけられた。

口内に入ってきた舌をウエルカムで迎えると、維月の舌が直ちに搦《から》め捕《と》られる。呑み込み切れない互いの唾液が口端からこぼれるのもかまわず、貪欲に応えた。

舌根がしびれるまで吸い上げられる間、背中越しに脇の下を通った手が乳嘴《にゅうし》にちょっかいをかけてくる。

「ん、ゃん……んふん…っ」

「んぁ…っふ」

「ここも、早々と赤く熟《う》れて尖《とが》りつつあるが」

「こちらは、くちづけだけでもう勃《た》ったのか」

キスの合間に含み笑いで指摘した藍堂を、双眼を開いて軽く睨《にら》んだ。

銀色の糸を引く唾液を舌で舐め取った彼が、唇をほどいて右眼を細めた。欲情にかすれた低い声で囁かれる。

「潤《うる》んだ瞳で凄《すご》まれても愛くるしいだけだ」

「誰の…せい、なの」

「無論、責任は取る」

「いじめて、ないで……いっぱい……可愛がって」

「そのつもりだが、相変わらず私を煽《あお》るのが上手いな」

「知らな……ああっ」

小悪魔扱いを否定するより早く、性器を扱く手が大胆になって嬌声《きょうせい》が漏れた。陰嚢《いんのう》も擦り合わされたり、揉みしだかれたりして髪を振り乱す。

先走りでぬめる先端を、親指の腹でこすられて身をよじった。

「ふぁあ、ぅ…あっん」

「悦《よ》さそうだな」

「んふ……っあ、んん……い、いから…ぁん」

思わず仰《の》け反《ぞ》ったのどもとに鼻先をすり寄せられる。次いで、耳朶《じだ》を甘噛みされ、耳孔《じこう》に舌を突っ込まれたり、耳裏の薄い皮膚を吸われたりもした。

昨夜の痕跡を上書きする勢いで、新たな吸痕が刻まれていく。

ふと、風呂場で香艶にこの藍堂印《じるし》を言及されたのを思い出す。

訊かれて答えなかった藍堂のセックスは、情熱的の一言に尽きた。ハードと言っても、ちょっとした意地悪をされるだけで、決して荒々しくはない。

いつも気遣われる反面、狂おしい快楽を延々と享受《きょうじゅ》させられる。

愛情では維月も負けていないが、体格と体力と技巧の差で泣かされていた。

充分に満足していると彼は言ってくれるけれど、もっと喜んでもらいたい。いつか対等になれる日を夢見て努力中だ。

「ぅんん……っん」

くすぐったくて首をすくめると、今度は乳嘴を舐め囓《かじ》ってこられた。

不規則に肌に触れる牙の感触にも、微かに身を震わせる。

「あぁ、ん……あっあ…っ」

二箇所を同時にまさぐられて、どうしようもなく昂《たか》ぶった。

胸元から離れたもう片方の手が後孔にも伸びてくる。固くすぼんだそこの周辺をほぐすように、藍堂の指が蠢《うごめ》いた。

ほどなく侵入を果たした指先が、筒内で淫らな動きを始める。

「っは…あう、ぅ……くふん」

「これが好きなようだな」

「ち、がっ…」

「違わないと思うが」

「っあう……ふぁうう…くっ、ん」

ほくそ笑んだ彼の爪が自在に伸縮し、媚襞《びひだ》の中をかき回す。

知り尽くされている性感帯をピンポイントにつつかれた。その中でも特に弱いスポットを弄《いじ》られて、爆発的な快感が背筋を駆け上がっていく。

自分でも制御できず、あられもない声が口をついて出た。

「あああ……ぁん……あ、あ、あ……んっ」

「それとも、こちらに爪を挿《さ》すほうがよかったか?」

「ひあっ…やだあ！」

性器の先端にやんわりと爪先を食い込まされて、かぶりを振った。

大抵のプレイは大丈夫だが、錐《きり》状に変じた長い爪を尿道に挿れられるのだけは、少々苦手だった。

あまりにも気持ちがよすぎて、いつも以上の嬌態《きょうたい》を演じてしまうからだ。

このあとの宴の席で、恥ずかしさで藍堂の顔をまともに見られなくなるのは困る。

「藍、堂……それ、は……嫌っ…ぁ」

「どちらのことだ?」

前後両方の指をゆったりと動かされた。過剰に意識している分、快感をダイレクトに受け取って身じろぐ。

「んぁあ…あ……んく……うぅん」

「維月?」

「あっ……お尻、に……挿れる、ほぅが……好き…ぃ」

られずに精を放った。

「こうか？」

「ふあああぁあ！」

後孔のひときわ脆《もろ》い部分を刺激されて身悶《みもだ》えた。

反射的に逃げを打ったが、許さないとばかりに弱点を攻め抜かれる。とても持ちこたえられずに精を放った。

鼻にかかった甘い吐息をついて、解放感に浸ったのも束の間だ。

藍堂の着物を精液で汚してしまったことに気づいて我に返る。

「ごめっ……服が…」

「気にするな。宴の前に着替えるつもりでいた」

「そ、っか」

「ついでに脱ぐとしよう」

金色の右眼が紅色に変わったと思ったら、一瞬で彼が全裸になっていた。

分厚い肩や盛り上がった胸筋を素肌に感じる。馴染み深い感覚にホッとした維月に、さてというようにつづけられる。

「じっくりと、ここを可愛がらないとな」

「まだ？　もうよくないかな」

「少なくとも、濡《ぬ》れ方が足りない」

「ローションを使うとか」

「香油も悪くはないが、今はその気分ではない」

「じゃあ、なにを使……あ！　…っく、んんん」

挿れたままだった指を突然、旋回されて呻《うめ》いた。しかも、抜くどころか本数を二本に増やし、さらに内壁を嬲《なぶ》られる。

ついでに、藍堂の膝の上から座布団の上に場所もチェンジした。仰《あお》向《む》けで両脚を開いた体勢だ。身幅《みはば》が立派な彼を挟む格好になるので、必然的に大開脚になる。

上半身を倒して維月に体重をかけないように覆いかぶさっている藍堂が性器の裏や陰嚢、会陰を舐めてくる。

舌も伸縮自在で、彼の思惑どおり淫筒も餌食《えじき》になった。

最初から、こうして濡らしたかったのだろう。

快楽値の高さはともかく、何度経験しても、この方法は恥ずかしくて慣れない。手加減なしに与えられる快感に、腰をくねらせて喘《あえ》いだ。

「ゃあ、ん……あっあっあ……あぅ…」

差し入れられた舌が唾液を流し込んでくる感触がわかり、下腹部を波打たせる。

それを指で襞に塗り込むようにされた。脆弱《ぜいじやく》ポイントは入念に捏《こ》ね回されるから、法悦がエスカレートする。

後ろを弄られるせいで、また芯を持った維月の性器も蜜まみれだ。

「あっ…んあふ……あぁぁ……あ、ぅん……んんあっ」

「だいぶ、ゆるんできたな」

陰部から顔を上げた藍堂が、うれしそうな声色で呟いた。

陶酔顔と嬌声も秀逸とつけ加えられて、羞恥にまみれる。

「はっ、ん……ら、んど……も……いいか、ら…ぁ」

「まだだ。なにより、おまえの恥じらう初心《うぶ》な様も私を惹きつける」

「や……っ」

「もう少し辛抱《しんぼう》しろ」

「あぁぁ……あ……っふ?」

溺れそうな悦予の中に、妙な違和感を覚えた。

微かに眉をひそめた維月の額に、宥めるようなキスをした彼が訊ねてくる。

「つらいか?」

「くぅ…んんっ……う、うっ」

「維月?」

なおも一本、指が増やされたのだ。痛くはないが、多少の引きつれ感があって息苦しさに呼吸が速くなる。

心配の色を湛えた藍堂の右眼は、金色に戻っていた。再度の霊力行使も厭《いと》わないという気配を察する。

なにしろ、セックスで生じる苦痛を痛覚ごと消す荒技を使った前例がある。

基本的に維月には過保護なので、些細なことでもすぐに霊力をふるおうとする。

維月はといえば、愛の営みで彼がくれるものなら、痛みでも感じたかった。だから、先手を打って諌《いさ》める。

「平、気だよ……なにも…しない、で？」

「だが…」

「ちょっと、苦しい……だけ。した…ら……怒る、からね」

「……わかった。では、つづけよう」

「ん…あぅ、あ……はあぁ…んん」

苛烈さに慎重さが窺《うかが》えるリズムで内部をこすり立てられた。

それほど経たずに、違和感がなくなっていく。かわりに、敏感になっている粘膜を執拗《しつよう》に撫で回されて、ひっきりなしに声をあげた。

内腿や鼠径部《そけいぶ》を慈しむように藍堂が吸っては囓ったり、残った手で乳嘴を弄ったりするからなおさらだ。

性器から滴《したた》る淫蜜が、体勢的に維月の腹部をしとどに濡らしている。

恥ずかしい反面、凝縮した熱を放出したくてたまらなかった。そこを放置しないでほしくて、涙眼で懇願《こんがん》する。

「あっ……んん……お願、い……藍堂…っ」

「どうした？」

「僕の、に……触っ…て……いかせ、て？」

「ああ。おまえの陰茎か」

「っん…」

張りつめた性器の裏筋に舌を這わせた藍堂が、維月と視線を絡めたまま、その雫《しずく》で濡れた肌を舐めて口角を上げた。

艶冶《えんや》な微笑みに悩殺されて見蕩《みと》れる維月に、彼が言う。

「自分で触れて、いくといい」

「……え？」

「見届けていてやろう」

「そっ……ええ⁉」

まさかの返事に啞然《あぜん》となったが、言葉どおり見ているだけで触ってはくれない。この間にも後孔やほかへの愛撫はつづいていて、熱は溜まる一方だ。

何度も頼んでみたけれど、笑顔で躱《かわ》された。

あきらめて仕方なく性器に手を伸ばし、扱《しご》き始める。

藍堂の視線に晒《さら》されて羞恥心が疼《うず》き、もう一歩のところで極められない。

「く……っう……んっんっ……やだ……こんな、の…っ」

「これで、どうだ？」

「ん？　あう……あ、あぁぁん」

陰嚢を少し強めに甘嚙みされた瞬間、射精していた。

焦《じ》らされたようなものなので、解放感がすさまじい。自分の精液にまみれながら荒い呼吸を繰り返す維月の体内にあった異物が一気に引き抜かれた。

「ふぁ……んうっ」

「そのまま惚《ほう》けていろ」

低い囁きのあと、後孔に灼熱《しゃくねつ》の切っ先が押し当てられる。

猛烈な圧迫感で正気づいたときには、巨塊がめり込んできていた。指三本でもかなりの質量だが、藍堂自身の存在感はやはり比較にならない。

息み厳禁とわかっていても、一度目は毎回、条件反射で身体が強張《こわば》ってしまう。

きつく締めつけて、彼を痛い目に遭わせるのは嫌だった。早くリラックスしなくてはと自分を叱咤《しった》する。

「うっ……く……うぅう…んむ」

「維月。そう慌てて弛緩《しかん》しなくていいと、いつも言っているはずだ」

「っは、あ……でも…ぁう」

「私のことより、おまえの身体が大事だ」

「藍、堂……」

「それに、時間とともに私を受け入れてくれると知っている。そのくらい待つのは、どういうことはない」

「ん……ありが、と」

「礼を言うべきは私のほうだろう。おまえがいなければ、無意味な生《せい》だ」

「……っ」

「愛している。維月」

「僕、も…」

真摯《しんし》な眼差しと口調で愛を囁かれて、胸を撃ち抜かれた心境になった。

メロメロになった心に比例し、肉体もじんわりと蕩《とろ》けていく。頑《かたく》なだった後孔内全体が柔軟性を取り戻し、巨楔の進行を促し始めた。

目を疑うような超特大サイズの異物を呑み込める淫襞が信じられない。

挿入されると、いまだに『壊れちゃう!』『流血必至!』と怖くなるけれど、藍堂への愛と結ばれる喜びがあるから乗り越えられる。

　めくるめく快感パラダイスが待ち受けているせいもあった。

　ここまでの成長を遂げた自分の尻を褒めてやりたい。

「ふ、っあ……おっきぃ……ああ…ぁん」

「大丈夫か？」

「っくん…ああっあ……も、平気…だか、ら……気を遣わな…でっ」

「わかった。では、遠慮なく」

「んああ……あああ……んっ」

　隘路《あいろ》を突き進む巨茎の脈動を、遅まきながら実感する。

　根元までおさめた彼が維月の双丘を摑んだ。ゆったりと腰を回したあと、熱杭が激しく中をかき混ぜる。

　それでも、しなやかに撓《たわ》んで藍堂を包み込んだ。

　指で苛《さいな》まれていた性感帯を漏れなくこすられて、快楽を引きずり出される。

「あっ…あっん……気持ちいっ……ああっ…ぁ」

「いつも素晴らしい感度だな」

「ぅふ……あ、んあっん……藍、堂ぉ……もっ…と」

「望むところだ」

そう答えた彼が攪拌《かくはん》動作を抽挿《ちゅうそう》に切り替えた。

抜き差しされるうちに、後孔への刺激に互いの腹筋での摩擦も加わって、維月の性器がまた勃ち上がる。

慎《つつし》みのない反応がいたたまれなかったが、悦楽に溺れた。

込み上げてくる愛しさで胸がいっぱいになる。目の前にいる藍堂の首に両腕を回してしがみつき、身をくねらせた。

「あぁあ…っん……あ、あ、あっ……ら、んど……藍堂…っ」

「どうした?」

「す、き……大好きっ……んぁ…ふ……愛し…て、る」

「私もだ」

「キス、し…てっ」

いくらでもと囁いた彼の顔が降ってきた。要望以上の噛みつくようなキスに翻弄されていたら、巨塊が深部を抉《えぐ》る。

悲鳴にも似た嬌声は藍堂の口内にかき消え、維月の性器が果てた。

わずかに遅れて、粘膜内を熱い飛沫が叩く。すかさず、一滴も残さず搾り取ろうと肉輪を収斂《しゅうれん》させた。

吐息を弾ませたまま、腰を揺らしてまんべんなく淫水を内襞に行き渡らせる。

気がついたらしい彼が小さく笑って唇を離す。

「毎度、熱心だな」

「妊活の……一環、だからね。…しらけちゃうかな?」

「いや。微笑ましいし、私の精を欲して腰を振り乱すおまえは淫らでいい」

「……冷静に、言われると……僕って、単なるエロ狂いみたい」

「どんなおまえでも、私の愛おしい伴侶だ」

「うん……って、え⁉」

唇を啄まれたあと、背中を支えて抱き起こされた。

屹立《きつりつ》を抜いた藍堂の膝に座らされて、体内の淫水が重力に従って溢《あふ》れ出てくる状況に備えたが、その感触がなくてハッとする。

見下ろした身体もさっぱりしていた。抱かれた直後の全身の倦怠感《けんたいかん》もない。

いつの間にか、彼は紺色の作務衣を身につけていた。

間近にある藍堂の右眼を見たら、やはり紅色だった。

いつもは彼が手ずからする後始末を、霊力ですませてしまったのだ。おそらく、宴まであまり時間がないからだろう。

状況的に仕方ないとわかるが、残念感をただよわせてしまう。

「あなたの精液が、僕の中からもうなくなっちゃった…」

「夜になれば、嫌というほど注いでやる」

「ほんとに？　絶対だよ？」

「ああ。とりあえず、今は着付けだ」

維月ごと立ち上がった藍堂が、選んでいた着物を持ってくる。

向かい合わせになり、白い襦袢《じゅばん》から羽織らされた。萌葱色の着物に腕を通した維月に空色の帯を結びながら言われる。

「案の定、首飾りとよく映《は》えている」

「……っ」

チョーカーの紛失を思い出したと同時に、甘い雰囲気が一気に吹き飛んだ。

彼の言葉にも絶句し、思わず自分の首もとに手をやる。

愛し合っている最中も、チョーカーがない事実にはいっさい触れられなかった。わりと長い間、全裸でいたにもかかわらずだ。

なにも言及されずに訝る反面、なくしたことを報告するのが後ろめたいのも本音で、指摘されなくて安堵している自分もいた。

「どうだ、維月？」

「あ……う、うん。きれいな色…」

「首飾りの黄色がかった緑色と合っているだろう」

「…そう、だね」

なぜかはわからないが、藍堂は気づいていないらしかった。

彼が気がつかないなんてと、そこはかとない不安を覚える。いったい、なにがどうなっているのか見当もつかなかった。

内心で混乱しながらも、維月がひとつの結論に達する。

もしかしたら、見落とした場所があるかもしれない。申告する前に、もっとじっくりと自分で探そうと考えて結局、言い出さないと決めた。

浮かない顔を隠し切れていなかったようで、怪訝《けげん》そうに訊かれる。

「維月、どうかしたのか？」

「ううん。なんでもないよ」

「本当に？」

「エッチのあとだから、ちょっとぼうっとしてるだけ」

「疲れは取ったはずだが」

「だるいとかじゃなくて、余韻に浸ってるだけだし」

「そうか」

不自然にならないように、どうにかごまかした。

それ以上深くは突っ込んでこられず、胸を撫で下ろす。

その後、翠嵐を呼んだ藍堂は、翠嵐の手を借りて黒に近いグレーの着物に同系色の帯を着付けた。眼帯は着物と共布だ。

やがて始まった宴は、客人のほかは藍堂と維月、翠嵐、里の鬼たちの代表二十名で和やかに催された。

藍堂の両親は用事で里の外に出ているとかで欠席だった。

静闇は食事には手をつけず、新郎新婦を寿《ことほ》いでから、上機嫌で杯《さかずき》を傾けている。

藍堂と維月が一回ずつ注いだが、好きなときに自分のペースで飲みたいという理由で手《て》酌《じやく》だ。

友人の藍堂とは気心が知れているからか、維月との会話が多かった。

「人の身で、鬼の花嫁にと言われたときは、さぞ驚いたであろうな」

「はい。確実に人違いだと思いました」

「ならば、そなたはここにはどのようにして参ったのだ？」

「藍堂に攫われてきました」

「それはまた強引な手段を取ったものだな。逃げ出そうとは思わなかったのか？」

「思いました。だから、ほとんど毎日この屋敷から脱走しては、元の世界に戻れる入口を探し回っていたくらいです」

「その成果は？」

「全然だめでした。見つかって連れ帰られるのがオチで」

「では、契るのも無理強いだったのではないか？」

「そ……」

「どうなのだ？」

「えっと……あの…」

的を射た質問をさらりとされて、羞恥心もあって返答に困った。三度目に訊ねられて、ためらいつつも『最初の頃だけ』と真実を答える。

熱くなった頬を両手で押さえて、静闇を挟んだ席にいる藍堂をちらりと見遣った。

苦笑いを浮かべた表情だが、怒ってはいないようでホッとする。

「なるほどな。徐々に、ほだされていったか。昔の記憶がなくとも、藍堂を愛したと？」

「はい。また恋に落ちました」

「ほほう。藍堂は果報者《かほうもの》だな」

「いえ。僕は不束者《ふつつかもの》で、彼は僕にはもったいないほどの伴侶です」

「こうも当てつけられるとは、思ってもみなかったな」

「すみません。でも、本当のことなので」

「そなたの想いはよくわかった」

やれやれと肩をすくめた静闇に謝りつつも、取り消しはしなかった。

輿入れは無理やりだったけれど、藍堂に惹かれて、納得ずくで結婚した。それからは、本当に幸せいっぱいの日々だ。

自然と笑顔になっていた維月を見て、静闇が酒を勧めてきた。

「そなたに、さらなる幸《さち》あらんことを願って乾杯しよう」

「ありがとうございます」

「今後は、わたしとも懇意にしてくれ」

「こちらこそ、よろしくお願いいたします」

杯を軽く掲《かか》げた静闇に維月も倣った。見つめてくる眼差しの優しさに、静闇の人柄《ひとがら》ならぬ神柄《かみがら》が表れているようで胸が温かくなる。

藍堂の花嫁にふさわしいと、友人にも思ってもらえたらうれしかった。

視界に入った香艶も、とても楽しそうだった。ときどき、藍堂のもとにやってくることもあったが、ほとんどは元々の席の両隣にいる鬼たちと話しながら、飲み食いして盛り上がっている。

静闇の話だと、彼らは二週間の予定で里に滞在するらしかった。それ以上は、さすがに黄泉の国を留守にできないとか。

あっという間に時は過ぎ、三時間ほどで宴はつつがなく終わった。

屋敷に仕える鬼に先導されて部屋に向かう際、静闇が維月に話しかけてくる。

「早速だが明日、里を案内してくれるか？」

「お任せください」

「頼んだ。よいな、藍堂？」

「私は務めがありますので、維月がいいのであればかまいません」

「よし。昼過ぎにでも参ろう」

「わかりました。お部屋まで、僕がお迎えにいきますね」

「待っている。ではな」

「はい。おやすみなさい、静闇様」

満足そうな笑みを湛えてうなずいた静闇が大広間を出ていく。酔いが回ったらしい香艶は仲良くなった鬼に支えられるようにして、足元をふらつかせながらも部屋に連れられていった。

維月も藍堂と自室に戻り、夜更けまで熱烈に愛し合った。

翌日、仕事に出た藍堂とは別行動で、静闇に里を案内する。いつもどおり、瑠璃と玻璃が護衛についてくれていた。

まずは湖に連れてくると、静闇も気に入ったようだった。

「空の色を鮮やかに映し出した美しい湖だな」

「黄泉の国にもあるんですか？」

「湖はないが、泉《いずみ》ならある」

「なんだか、澄んでいてきれいな感じですね」

「いや。地獄行きを渋って荒《すさ》み切った魂のたまり場になっているせいか、いくら清めても澱《よど》んでしまって興醒《きょうざ》めなのだ」

「ああ……まあ、魂さんたちの気持ちもわからなくはないですけど…」

「善行を積まなかった結果だと言ったところで、もはや死んでいるから後の祭りだ」

「そうですね」

穏やかな口ぶりでシュールなことも言う静闇の話は興味深かった。

特に、閻魔大王が実は審判を下すのを毎回嫌がるほど優柔不断で、審判後もくよくよと悩むタイプなのだと聞いて笑ってしまった。

維月が持っているイメージとのギャップがありすぎてすごい。

「仕事の内容と性格がミスマッチなのは、大変そうな気がします」

「強面の見た目と中身も不適合だがな」

「たしかに」

「近頃は、ＡＩとやらに任せたいと言い出した」

「はい？　え、ＡＩですか⁉」

「うむ。それを搭載《とうさい》した閻魔大王型ロボットが欲しいそうだ」

「……斬新《ざんしん》なアイデアですけど、人の世界の最新技術についてもご存知なんですね」

「人間が相手ゆえな。人界の諸々を知らねば務めにならぬ」

「そうでした。でも、どんな審判が下るにしても、機械より生身の神様に振り分けられたい気がします」

「わたしもそう言って宥めている」

こんな調子で、静闇との会話は新鮮で一緒にいると楽しかった。

藍堂と会ったばかりの頃の話もしてもらって満足する。

この日以降も、毎日のように里の案内役を果たした。毎日といっても、相手をするのは二時間程度なので苦にならない。

静闇自身、日頃の激務から解放された貴重な休暇をのんびり過ごしたいらしく、ひとりでいる時間も満喫していた。

維月の最近の悩みは、藍堂に日々仕事があることだ。

人間社会でも当然なのだし、わがままだとも思う。仕事と自分のどちらが大事なのかと問いつめるつもりもないけれど、普段は三日に一回くらいのペースなので不服だった。

結界に侵入者の形跡があったり、鬼たちが珍しく争《あらそ》ったり、懐妊中の珊瑚が流産しかけたりと、なにかしら事件が起きている。

藍堂と離れるのは嫌だが、首領の彼に問題解決に行くなとは言えない。

輿入れ後は四六時中そばにいたから、傍らに藍堂がいないのがこたえた。たった数日でこうなのだから、千年以上も維月を待っていた彼の寂しさは計り知れない。

藍堂も同じ気持ちでいてくれるようで、その分、夜に激しく互いを求め合った。

彼が仕事でいない間は静闇と里を散策したり、話し相手になったりする。

おかげで、藍堂と過ごせない寂しさが多少はまぎれた。

「今日も藍堂は務めか?」

「あ、はい」

「こんなに愛らしい新妻《にいづま》を放っておくとは、なんと罪深いやつだ」

「いいえ。藍堂は悪くありません」

「寂しい思いをしているのにか?」

「仕事に励んでいるんですから。夜は一緒にいられますしね。それに、いつもそばにいることが当たり前じゃないんだって今回気づけたので、彼と過ごせる時間を大切にしないといけないって、あらためて思えました」

「そなたは誠に健気《けなげ》だな」

「静闇様……」

慈しむように頰に触れてこられた。維月の髪を撫でるのはもちろん、ハグも事あるごとにされている。

スキンシップ過多だが、藍堂の両親で免疫があるので気にならなかった。常に維月のそばにいる瑠璃と玻璃にも、静闇は好意的に接する。そういうところも好感が持てた。

香艶のほうは里を案内しなくても、宴で仲良くなった鬼たちを介して、一部の鬼と打ち解けたようだ。

静闇といるより、ほとんど彼らと過ごしていた。

初日以来、顔を合わせて何度か言葉を交わしたが、好青年という印象は変わらない。来客をもてなしながらも、維月は暇を見つけてはチョーカー探しもしていた。まだ見つかっていなくて焦りは募った。

「また仕事なの？」

拗《す》ねた声音で訊ねられて、藍堂は苦笑した。

維月が不満を漏らすのも無理はない。ここ六日の間、つづけて務めに出ている。藍堂が父から里を引き継ぐ以前も以後も、この頻度《ひんど》で問題が発生したことはなかった。

しかも、片づけたそばから次々と起こる。そのため、翠嵐と力を合わせても朝から夕方までかかった。

なにが要因かは、早い段階で薄々察しがついていた。

藍堂としても維月のそばにいたいが、立場上許されないし、適切かつ迅速《じんそく》に処置する責務があった。

溜め息を堪《こら》えて、艶やかな黒髪を撫でて応じる。

「ああ。すまない」

「この頃、昼間はちっとも一緒に過ごせなくて寂しいよ」

「同感だ」

「今日くらい、翠嵐に任せられない？」

「そうしたいのはやまやまだが、森の奥の木が広範囲に立ち枯れているらしいから、翠嵐ひとりでの対処は難しいだろう」

「えっ。まさか、湖の近く？」

「そうだ。周囲の木々にさらに広がったり、湖に害が及んだりしても困るのでな」

「そっか……」

事態を重く受け止めたのか、維月がふくれっ面《つら》を引っ込めた。

懸念《けねん》もあらわな表情で藍堂を見つめて訊いてくる。

「今までそんなことなかったのに、どうして？」

「現時点では原因不明だ。翠嵐と現場に赴いて、詳細に検分するつもりでいる」

「ちゃんと、もとに戻せそう？」

「おそらくは」

「よかった。それにしても、どうしたのかな。木の病気とか…」

身内は人間専門の医師ばかりで、樹木医《じゅもくい》はいない。自分も植物についての知識はあまりないしと考え込む様が、金鬼の里を大切に思ってくれている彼らしかった。

さきほどまでぐずっていたのも忘れて心配し、早く行ってあげてと言う始末だ。

維月のこういうさっぱりした性質も好ましかった。

「早く帰ってくるよう努める」

「僕のことより、森を優先させて。でも、あなたも無理はしないでね」

「わかった。おまえは今日はなにをするんだ？」

「静闇様と月虹《げっこう》の丘に行く約束をしてるよ」

「そうか」

「あそこの草原にいる馬たちを見ていただきたくて」

「歩いていくのか？」

「うん。お弁当を持って、ピクニックがてらね。あ。お弁当は僕と瑠璃と玻璃用で、静闇様は水筒にお酒を入れていくの」

「なるほどな」

来訪直後から、静闇は好意を隠さず維月にかまいまくっている。香艶もやってきた日早々、維月を誘って風呂に入ったらしい。

二人に応える維月は、藍堂の客人をもてなそうと無邪気に意気込んでいた。

思うように維月と過ごせない苛立《いらだ》ちもあり、静闇と香艶の彼に対する態度にも日増しに神経を逆撫でされる。

無論、自身の懊悩《おうのう》を面《おもて》に出して維月を煩《わずら》わせたりはしない。

せいぜい、妬いていると示すくらいだ。

いつも以上に普段どおりの己を心がけて、さりげなく問いかける。

「月虹の丘には香艶も行くのか？」

「ううん。香艶さんは、柘榴《ざくろ》と一緒に青玉《せいぎょく》の家に遊びにいくんだって」

「ほう。…遊びにか」

「もしかしたら、金剛《こんごう》も合流するかもって言ってたよ」

「……独身ばかりで幸いと判断するべきか」

「なに？」

「里の者と親交を深めているようで、なによりだと」

「ほんとによかったよね」

純粋に喜んでいる維月の穢《けが》れなさは尊いが、危うさも孕んでいる。

性善説に基づいて、他者を疑おうとしないからなおさらだ。

藍堂以外には警戒心を持ってほしいものの、生来の人懐《ひとなつ》こい性分が邪魔するのだろう。自らが相手にどう映ったり、思われたりしているかを考えない言動が多いので、誤解される危険性もある。

そこは転生前も後も変わらず、藍堂が強く惹かれた維月のままだった。

そういう彼だからこそ、右も左もわからない世界に連れてこられても順応できたのは間違いない。

当初、前世の記憶がない状態で花嫁に迎えることには懸念もあった。

ただでさえ、種族が異なるのだ。その上、人間しか知らずに育ってきた維月が藍堂をどう捉《とら》えるか気を揉んだ。

金鬼の存在を否定し、人界や家族を恋しがって、里に慣れない事態も想像できた。

あくまで最終手段だが、そのときは過去を視《み》せるか、記憶をよみがえらせるつもりでいた。それでも藍堂を受け入れない状況もありえたものの、維月は柔軟に適応して言った。

「あなたのそばに、ずっといるよ」

「もう二度と離れたくないから、絶対に僕を離さないでね」

「藍堂、大好き。誰よりも、あなたを愛してる」

愛しい者を取り戻して、再び想いが通じ合った感激は、言葉では言い表せない。

一日千秋の思いで待ちつづけた魂の伴侶を、本当の意味でようやく腕にできたのだ。頼まれなくとも、今度こそは永久に離さない。

あんな喪失感をまた味わう気など、さらさらなかった。

両親や翠嵐、維月本人からも過保護だと揶揄《やゆ》されようと、大切な維月をなにものからも護《まも》りたい。かといって、本気で煙たがられるのも御免《ごめん》だった。

香艶に裸身を晒した件で、すでに苦言は呈した。だから、静闇と香艶についてこれ以上、あまりうるさく忠告もできない。

そもそも、結婚祝いには静闇ひとりでやってくると思っていた。

それが、香艶も伴ってこられて苦り切っている。

維月の転生の一件で藍堂が初めて黄泉の国を訪れたときから、会うたびにしつこく言い寄られているせいだ。

そのつど、心に決めた相手がいると断ってきたが、意に介されない。

まさしく淫鬼らしい態度ながら、鬱陶しかった。

静闇と香艶が里に来た日、香艶について訊ねた維月に静闇が返した答えは大半が省かれていた。

香艶自身の前では言いにくかったにせよ、意図的だったのも否めない。

淫鬼という香艶の一族は、美しい見た目を活用し、誰彼かまわず挑発する淫乱な性質が最大の特徴だ。

己の欲望に極めて忠実で、自己評価が尋常でなく高い。

平常時でも異様な色香を醸し、誘惑時には色気を炸裂させて相手をたぶらかす。

さらに悪いことに、彼らは息をするように嘘《うそ》をつく。色目を使い、手癖《てくせ》も悪かった。この盗癖《とうへき》は物質に限らず、感情や才能などの目に見えないものも盗めるため、かなり悪質といえる。

かつて、淫鬼一族は自分たちが住む世界と、種類は違えども同族の鬼たちが暮らす世界や人界とも行き来していた。その往来《おうらい》で、淫鬼絡みの痴情《ちじょう》のもつれや窃盗、それにまつわる刃傷沙汰《にんじょうざた》が多発した。

淫鬼同士でしか子孫を残せないのが、せめてもの救いだった。そうでなければ、片親が淫鬼という子が世に溢れ返ってしまっただろう。

常に発情中かつ生殖能力が高い特性とあり、他の鬼の一族と比べて、淫鬼の個体数はかなり多かった。

騒動が頻発する中、ついには死者が出るに至り、当然ながら大問題になった。

「淫鬼の一族よ、各々《おのおの》の言動を正すのだ」

「さもなくば、相応の措置を取る」

「即刻、改心せよ」

「かしこまりました。直ちに、仰せのとおりにいたします」

神々が淫鬼に警告したが、一向にあらたまる気配はなかった。

彼らは神々相手にさえ、何食わぬ顔で嘘をつき通したのだ。

無論、腹に据えかねた神々の総意で、死者の魂しか存在しない黄泉の国で淫鬼一族を暮らすことにさせ、生殖能力も著しく低下させた。

誰かをどんなに虜にしたくとも、死霊《しりょう》が相手では通用せず、淫鬼らしい行いができない。子孫を増やすのも困難という罰が下された。

そんな境遇でも、藍堂のように黄泉の国を訪れる生者や、静闇か閻魔大王に連れられていった先にいる者たちを誘惑しつづけているらしいから呆れる。

ちなみに、淫鬼の美貌と性的魅力が通用しないのは神々と精霊、死霊だった。同族の鬼だと首領クラス、心から愛する相手がいる者だ。

これらの事実は里の鬼も知っていて、彼らと普通につきあっている。

淫鬼の中にも、稀によい性質の者もいるからだ。見境もなく誰かを誘惑したり、嘘をついたり、盗みを働いたりもしない。

そういう者は、仲間からは落ちこぼれ扱いされるらしかった。

藍堂も、実害は出ていなかったので香艶を放置してきた。

常識すぎて、自分たちになんらかの害をなすか、訊ねられなければ、あえて誰も話さないだろう。

淫鬼の特性を維月にも話したいが、余計な心配をさせそうで迷っていた。

現に、香艶がいまだに藍堂をあきらめていないのが忌々しい。何度も突っぱね、まったく相手にしていないにもかかわらず懲りない。

仲間内では『最高峰の淫鬼』という淫乱さと虚言癖を誇ると評判の香艶だ。

初日に顔を合わせたときも、相変わらずだった。

「藍堂様、ひさしぶりに会えてうれしい」

「……そうか」

「離れてて寂しかったよ。藍堂様は?」

「思い出しもしなかったのは確かだ」

「つれないところも素敵だね」

「そんなことより、静闇にくっついてなにをしに来た?」

「決まってるじゃない。藍堂様の顔を見にだよ」

「迷惑なだけだが、騒動は起こすな」

「藍堂様がそう言うなら、おとなしくしてる」

絡みつくような視線と言葉を躱したが、香艶は平然としていた。

冷たくされて逆に燃えたとばかりに、目の前に維月がいるのもかまわずしなだれかかってくる始末だ。

かろうじて舌打ちは堪えたが、右眼は眇めた。

即座に引き剝がそうと、香艶の肩を摑むべく両手を上げかけたときだ。

なぜか、香艶からほんのわずかに維月の痕跡を察知し、動きを止めた。訝りつつ、香艶を凝視する。

「ふふっ。藍堂様と見つめ合ってる。熱々な恋人同士みたい」

「……………」

「やっと、おれの魅力に気づいたのかな」

「……？」

次の瞬間にはそれが消え失《う》せていて、内心で首をかしげた。

気のせいかと思いつつも、一応、香艶に確かめる寸前、藍堂から身を離した香艶が維月に向き直って話しかけた。

それに維月が応じたので、結局は言い出し損ねた。

念のために維月の身体を視認したが、なんの変化もなくて安堵した。

あの感覚はなんだったのか、あとで香艶に確認しなくてはと思って今に至っている。

思考を読んだら事足りるのは承知なものの、淫鬼は一筋縄ではいかなかった。

なにしろ、あらゆる欲望だらけなのだ。大部分が淫猥なもので、その中から目当ての心情を見つけ出す作業にうんざりする。

長時間探りたいと思えないひどさで、真偽のほども定かではなかった。

そんな精神とはなるべく接触を持ちたくない。ならば直接話すしかないが、こちらも気は進まない。

自信過剰で他者の都合など気にも留めない究極の淫鬼が相手だからだ。

藍堂に好意を寄せているからといって、香艶がほかに目を向けないわけがない。

気に入った相手であれば、同時進行で何人とでも、伴侶や恋人の有無には無頓着で、誘惑できた相手と奔放に関係を持つ。

これまでも、そういう話をいくつも耳にしてきた。

さきほど維月が言った柘榴と青玉と金剛は、香艶の色香に惑わされたと予想できて頭が痛かった。

たった数日の滞在で、女性鬼と男性鬼を三鬼もたぶらかしたらしい。

このあと、奇妙な四角関係になって揉めてもおかしくなかった。

最近、里の者の間で諍《いさか》いが多いのも、香艶が関係しているのは明らかだ。

おとなしくするという言い分は、やはり嘘だった。

想定内の出来事とはいえ、かなりの不愉快さだ。

面倒が起こることも、香艶が藍堂に執着しているのを承知で連れてきた静闇にも、含むところはあった。

間違いなく、退屈しのぎを兼ねた静闇の悪戯だ。

ここ数日、里で相次いでいる事件も、高い確率で静闇が絡んでいると踏んでいた。

維月と過ごすために、邪魔な藍堂を引き離す画策だろう。この分だと、結婚祝いという訪問理由も怪しかった。

静闇に訊いたところで、まず真実は語るまい。さすがに、彼の思考を読むのは藍堂ですら無理だ。

香艶を連れてきた目的を含め、静闇になんらかの目論見《もくろみ》があるとわかっていても、確たる証拠がなくてはなにもできない。

客が神と聞いて萎縮していた維月には言わなかったが、静闇は曲者《くせもの》の面も持つ。

神ゆえに悪気なく、ひたすら気まぐれなのだ。ほんの少し前の言動も、あっさり覆《くつがえ》して悪びれない。

明確な悪意や熱意がない分、かえって厄介で対応に困る。

ついでに、退屈が嫌いで大の悪戯好きな性分だけに、周りが大変だった。

そんな静闇が千年余も藍堂との誓約を守ったのは、ひとえに維月が要因だ。

清純な魂を好むこの黄泉神に、黄泉の国にいる頃から維月はいたく関心を抱かれていた。

守護者つきで黄泉の国にやってきたのも、死後の行き先を閻魔大王以外が決めていた人間も初めてだったため、余計に興味をそそってしまったらしい。

藍堂が訪ねたときもだが、左眼の宝石で確かめるたび、維月の魂を慈しんでいて気が気でなかった。

よもや、転生後の維月にも執心するとはと悩ましい。それが本気ではなく、いささか珍しい程度の軽い気持ちにしろ困る。

続発する事件を裏で糸を引いていると推測はできても、維月の件で恩があるのであまり強くは出られないのが実情だ。

静闇の気まぐれな性格からして、維月と直《じか》に接して飽きる可能性もなくはない。

今は、常の心変わりを待つしかなさそうだ。

それに加えて、香艶から一瞬感じた維月の名残も気になっている。

静闇と香艶、どちらも油断できないと思う藍堂に、維月が話しかけてきた。できる限り彼を巻き込まずに、すべてをすませてしまうつもりなので、意識を切り替える。

どんなに些細ないざこざからも、遠ざけておきたかった。

ピクニックには別の目的もあると微笑んだ維月がつづける。

「妊活のための適度な運動になるかなって」

「精が出るな」

「あなたにそっくりな金髪金眼の赤ちゃんを早く見たいんだもん」

「おまえと私の子なら、金髪黒眼や黒髪金眼、おまえ譲りの黒髪黒眼もありうるが」

「『金鬼』なんだから、僕のＤＮＡはミニマムな遺伝で」

「私はおまえに似た子が欲しい」

「む。……そっか。そういう考え方もあるよね…」

こちらの言い分にも一理あると思ったようだ。

藍堂の意見を尊重する彼の意向が読み取れて、自《おの》ずと頬がゆるむ。少し黙考したあと、そうだとばかりに言われる。

「じゃあ、最低二人はつくらなきゃだね」

「おまえが望むなら、何人でもかまわない」

「いっそ、双子でもいいかも！　…って、金鬼には『双子は不吉』とかいう習わしがあったりする？　たしか、里にはいないよね？」

「いや。子ができづらい分、むしろ吉兆《きっちょう》だ」

「よかった。だけど、一度に複数妊娠して産んで育てるのは大変そうだし、やっぱりひとりずつかな」

「そうか」

「ということで」

一人目は藍堂の遺伝子マックスでと真顔で依頼されて、口角を上げた。

子づくりの方向性はいささかずれているが、熱心さには感心する。同時に、あのとき香艶から感知した維月の気配に意識が向いた。

こうも引っかかるのは、それが《孕蕾《ようらい》》の痕跡だったからだ。

《孕蕾》とは、懐妊する機能を持たない男性鬼が子を宿すための場所となる器官のことだ。鳥の卵ほどの大きさで、彼の鳩尾《みぞおち》あたりにある。

約一年をかけて、維月の肉体に愛情と霊力を注いで丹精込めてじっくりとつくり上げてきた。

《孕蕾》自体は本来、一回の性交でもつくれる。

相手が愛する維月とあり、何度も身体をつないで藍堂の精を満たし、時間をかけて丁寧に仕上げた。

本人は気づいていないが、維月の身体は受胎可能になっている。

孕むといっても、女性鬼のように自らの胎内で育《はぐく》むのではない。

まずは、藍堂と維月の精気が渾然一体《こんぜんいったい》となる必要があった。さらに、子を欲しいと望む互いの心が一致して初めて、彼の体内につくった《孕蕾》に二人の精気が混ざり合ってできた子胤《こだね》がとどまる。

しばらく宿り、《孕蕾》に無事に融合したら懐妊だ。

そうなれば、あとは藍堂が霊力でつくる特殊な繭《まゆ》のような空間に移す。そこで、産まれるまで育成・庇護《ひご》するのだ。

女性鬼の妊娠期間は二十四ヶ月だが、自分たちの子はその半分以下で誕生させることもできる。

藍堂が完璧に護り切るので、流産や死産の心配もなかった。

もちろん、維月が妊夫気分を味わいたいと願うのなら叶《かな》える。それに付随《ふずい》する様々な手助けも全力でする。

「いつ妊娠できるかな。早いほうがいいけど、授かりものだしね」

「……まあな」

懐妊にまつわる詳細を知らない彼が無邪気に言った。

輿入れしたばかりの頃、強硬に拒んでいたのが懐かしい。藍堂を愛するがゆえの心境の変化と聞いては、愛情は深まるばかりだ。

「そういえば、聞いてなかった。性別はどっちがいいとかある？」

「健やかであれば、どちらでも」

「だよね。あなたに似てたら、男の子でも女の子でも、世界レベルの俳優みたいな超絶美形になるはずだもん」

「おまえに似ても、どちらも可愛いだろう」

「だといいな。でも、僕似だと霊力なしになっちゃうよ」

「それはない」

「ほんと？」

「ああ。私の子なら、必然的に霊力を持った子が誕生する」

「生まれたときからあるの？」

「そうだ」

「すごいね。ますます楽しみ！」

「……そうか」

維月がすぐにでも子を欲しいと望んでいるのは知っていた。

藍堂もいずれはと考えているが、今ではない。子よりも、ずっと待ち焦がれてきた彼と水入らずの暮らしを、しばらくは送りたいというのが本音だった。

つまり、藍堂と維月の意思が完全には一致していないのだから、まだ子を授かるはずがなかった。

身体だけでなく心も重ならなければ、《孕蕾》で子胤はとどまらないし、融合もしない。彼に本心を告げようにも、妊活とやらに励む姿を見ると言い出しづらかった。そのうち必ず伝えたいとは思っている。

ついでに、知りたがっていた懐妊の仕組みについても話す。

そんな大事な《孕蕾》に関することとあり、微細な憂慮《ゆうりょ》であっても、香艶の件は放っておけなかった。

早急に香艶と話す機会を持とうにも、務めがあってなかなか実現しない。

確認事項について確信があるわけでもなく、下手に接触して妙な勘違いをされるのも避けたい。

それでも、柘榴たちの一件を聞いたこともあり、会う必要はあった。柘榴、青玉、金剛からも個別に話を聞かなければならない。

色欲関連で里をいたずらに混乱させられるのを速やかに食い止めたかった。

最善策を思案する藍堂が、不意に維月の双眸に翳《かげ》りを見て取る。

ほんの少し前までとは、打って変わった雰囲気だ。かろうじて口元に残った笑みが、かえって痛々しく映る。

もしや、無理して明るく振る舞っているのではと気になった。

静闇と香艶の訪問直後から、時折、不安そうな表情を浮かべる回数が増えている。藍堂になにか言いたげな素振りも見受けられるから余計だ。

これまでのように自分がそばにいてやれないせいかもしれず、胸が痛んだ。

揺れる瞳を覗き込み、そっと問いかける。

「大丈夫か、維月?」

「え？」

「心配事でもありそうな顔つきだ」

「……っ」

ハッとして我に返った維月が一瞬、まずいとばかりに視線を泳がせた。

ほどなく立ち直り、藍堂を見つめて笑顔をつくってかぶりを振る。

「ううん。なんでもない」

「そのようには見えないが？」

「ほんとだよ。過保護病がまた出てる」

「おまえが心配なだけだ」

「大丈夫だってば。ほら。早く行かないと、翠嵐が迎えにきちゃう。…って、僕が引き止めたんだっけ。ごめんね」

「……いや」

「行ってらっしゃい。気をつけて」

「…ああ。おまえも気をつけて行ってこい」

「うん」

はぐらかされたとわかったが、追及はしないでおいた。

やはり、寂しい思いをさせているせいかと心苦しかったからだ。

抱き上げてくちづけを交わし、維月を下ろして部屋を出た。いつも以上に後ろ髪を引かれる思いで、できるだけ早く帰ってこようと決めた。


「明日こそは、藍堂と一日中いられるかな…」

部屋の縁側から庭を眺めて、維月は溜め息まじりに呟いた。

庭師の鬼が丹精した草花はどれも手入れが行き届いている。咲き誇る花々は美しいが、一緒に見る藍堂がいなくて寂しかった。

室内には自分しかいない。今日も仕事の彼は、ついさきほど出かけていった。

昨日言っていた森の奥の樹木の立ち枯れはきれいになったけれど、今度は月虹の丘の草原が広範囲に黒く枯れているのが発見されたらしい。

今朝《けさ》、藍堂の身支度をしながら、翠嵐がそう話していた。

それでなくとも、今日は午後から神殿での仕事があると聞いたばかりだ。これで、また夕方まで一緒にいられないことが確定した。

厳しい表情で報告を受ける藍堂に、あまりわがままも言えなかった。

さんざんごねている自覚はあったので、強引に笑顔をつくって送り出した。

彼と入れ替わりに、瑠璃と玻璃がもうすぐやってくる。

「チョーカーも、どこにいっちゃったんだろう」

自らの首もとに片手で触れて、そこにない大切な宝物の行方《ゆくえ》を嘆いた。

静闇の話し相手と里の案内係をする合間に、密かに一生懸命探しているが、発見できないままだった。

藍堂も、彼の左眼のペンダントヘッドもそばにいない状況が心細い。

どうかしたのかと訊いてくれる藍堂に縋りたい気持ちは、もちろんあった。ただ、いつになく忙しい身を煩わせるのも気が引けた。

一度言い出しそびれると、ますます切り出すタイミングがなくなったのも本音だ。

「……ずっと見つからなかったら、どうしよう…」

自らの言葉に不安を煽られて、着物の胸元を握りしめた。

三歳から肌身離さずにきたので落ち着かない。なにより、藍堂から託された大事なものなのにと、なくしてしまった不注意な自分を責めた。

もう一度、深い溜め息をついたとき、襖が開いて瑠璃と玻璃が姿を見せた。

キュートな黒白子柴が、維月のそばに駆け寄ってきた。膝に前脚を乗せて、顔を見上げた瑠璃が言う。

「どうしたんだ、維月様?」

「瑠璃？」

「気が塞いでいらっしゃるようなお顔をされていますね」

「玻璃……」

「あ。ひょっとして、近頃、首領様が毎日立てつづけに出かけてるんで、寂しくて拗ねてるのか」

「なるほど。重要なお務めとはいえ、お気持ちはお察しいたします。維月様」

「俺たちが遊んでやるから、元気を出せ」

「瑠璃の申すとおりです。わたくしどもで、少しでもお気が晴れる手助けができるとよいのですが」

「…うん。ありがとう」

それだけが理由ではなかったが、心遣いがうれしくて、瑠璃と玻璃の小さな身体を両手に抱えた。

彼らの顔で自分の両頬を挟み、頬ずりする。

見た目よりもやわらかい、もふもふの毛並みを思い切り堪能した。

「おい。こういうのはだめだって何回言わせる！」

「維月様、首領様のご機嫌を損ねる行動はおやめください」

「大丈夫だよ。じゃれ合ってるだけだって、藍堂もわかってるし」

「この件に限っては、維月様の大丈夫は限りなく怪しい」

「失礼ながら、わたくしも瑠璃に同意いたします」

「気兼ねなく失敬な二人には、こうしてやる！」

「うわっ」

「維月様！」

今度は、それぞれの子柴の腹部に顔を埋めてキスした。くすぐったいと笑いながらも、そろって猛烈に暴れ始める。

さすがに手を離すと、悪ふざけにもほどがあると軽く説教された。

「だって、ぽってりお腹が可愛いから、ずっとやってみたかったんだもん」

「首領様に叱られるのは、俺たちなんだぞ」

「……これは絶対に、お咎《とが》めを受けます」

「平気なのにな。…じゃあさ、肉球を甘噛みするのだったらいい？」

「却下‼」

「いけません」

ほぼ同時に拒絶の返事をされて、残念と肩をすくめる。

こんなことをまたするつもりなら、今後は一定の距離を置いて接すると言われて折れた。

普通に撫でたり、抱いたりするのはかまわないという了承は取りつける。

親しい間柄の瑠璃と玻璃と過ごすうちに、いくぶん気がまぎれた。

やがて昼になって、三人で楽しくランチを食べる。

今日は里の案内はないが、三時半から静闇のところに行って話し相手になる約束だ。その前に、妊活のための早足ウォーキングに出かける。

日課の適度な運動の一環で、二人にもつきあってもらっていた。

ウォーキングがてら、チョーカーも探すつもりだ。

誰にも気づかれないように風呂場全体をはじめ、屋敷内をくまなく探したけれど、いまだに見つかっていない。庭や屋敷周辺も同様だった。

藍堂の霊力が宿ったものなので、ひとりでにどこかへ行ってもおかしくない。

そう考えついてからは、静闇の案内先でも、さりげなく探していた。

もちろん、今まで一度もなかった事態だ。チョーカーの移動や紛失に、藍堂が気づいていない事実が本来ならばありえなくて、ひどく心もとなかった。

なにが起きているのか全然わからないが、まずは見つけ出すのが先決だ。

どうせなら、いつもより遠くを探そうと思いつく。

慣れたコースとは違う、あまり誰も足を踏み入れない森の外《はず》れにある小道に向かうことにした。

目的地を言うと、瑠璃と玻璃が意外というような顔つきになる。

「ずいぶん、辺鄙《へんぴ》な場所に行くんだな」

「いい運動になりそうでしょ」

「かなりの距離を歩きますが、本当によろしいのですか?」

「うん。もし疲れたら、帰りは瑠璃と玻璃に連れて帰ってもらってもいいかな」

「任せとけ」

「ご無理は禁物ですからね」

藍堂や翠嵐とは種類が違うらしいが、霊獣の瑠璃と玻璃も霊力を持っている。

帰り道の保険をかけたあと、外出用の若草色の作務衣に着替えた。早足で歩くせいか、着物だと着崩れしてしまうせいだ。

瑠璃と玻璃を伴って屋敷を出た途端、さわやかな風が頰を撫でた。

小走りについてくる二人と話しながら、ウォーキングを始める。

景色を見るふりで、目を皿にしてチョーカーも探した。

実は、チョーカーをつけていない維月に気づいていないのは藍堂だけではない。翠嵐と瑠璃と玻璃、里の鬼たちもそうで、なんとも不可解だった。

誰からもまったく指摘されずに戸惑う。誰ひとり、チョーカーについてにおわせることすらなかった。

紛失自体が自分の勘違いなのだろうかと思ってしまうほどだが、ないのは確かだから困惑は深まる一方だ。

チョーカーがない首もとに触れて、溜め息を押し殺す。

維月を挟むように足元にいる瑠璃と玻璃に、ふと視線を向けた。

藍堂はともかく、皆も本当に気がついていないのか、確かめてみようと思い立つ。二人がつけている首飾りを見つめ、なにげなさを装って話題を振る。

「あのね、ずっと言いたかったことがあって」

「なんだ？」

「どうぞ、なんなりと」

「瑠璃と玻璃がつけてる首飾りって、すごくきれいだなって」

「美しいだろ。玻璃のとおそろいだぞ」

「お褒めいただき光栄です。その昔、首領様から拝領したものです」

「そうなんだ⁉」

思いもかけなかった答えに、素で驚いた。

どこか誇らしげな彼らの様子から、藍堂に対するリスペクトが窺える。

「まあな。魔除《まよ》けも兼ねた優れものだった」

「魔除けって…？」

「以前、維月様にもお話しいたしましたが、天狗の件がありましたので」

「ああ！　瑠璃と玻璃が初めて藍堂と会ったときの話だね」

「はい。あの機会に、お心を砕いてくださった首領様が、ご自身が長年身につけておられた首飾りをふたつに分けて手ずからおつくりになり、わたくしどもに下賜《かし》してくださいました」

「俺たちが自立するまで、二度と危ない目に遭わないようにってな」

「実際、危険とは無縁でした」

「そっか」

やはり、藍堂は優しいなと心がほっこりする。

一見クールだが、細やかな心配りができるから、皆に慕われるのだろう。

ちなみに、今は昔ほど強力な守護の力はないとか。

それでも彼の霊力の名残はあるので、人型・子柴・獅子とサイズが違っても、ぴったりフィットするらしかった。

なんと便利な機能と唸っていると、瑠璃が維月の首もとを見ながら言う。

「維月様の首飾りも見事だぞ」

「……っ」

「ええ。立派な逸品《いっぴん》ですが、首領様の気配を感じますね」

「それも、かなり濃厚だ。首領様からの贈り物だろ？」

「…そうだよ」

「やっぱりな」

「光の加減によっては、首領様の眼と同じ色に見えて素晴らしいです」

「……うん」

絶賛する瑠璃と玻璃に、どうにかうなずいた。

彼らにも、維月がチョーカーをつけているように見えているのだと確信した。動揺と混乱に拍車がかかったが、必死に取りつくろう。

いったい、どういうことなのだろう。なくして以来、ずっと考えつづけているけれど、いつも答えに行きづまってしまう。

維月の知識や常識が及ばない領域だけに、状況を正確に把握できない。

自分自身が事態を理解できていないのに、瑠璃と玻璃にどう説明すればいいのかわからなかった。

気遣ってくれる藍堂に対しても、同じことがいえる。

なにより、そのうち気づいてくれると思っていたけれど、彼が紛失に気がつく可能性は低いと、今の実験で判明した。

維月はチョーカーをつけていると、皆には見えているのだ。

こんな状態で話したところで、藍堂も信じてくれないのではと途方に暮れる。

どうすればいいのか、ますますわからなくなってしまった。藍堂はおろか、誰にも相談できなくて不安ばかりが募っていく。

大切なチョーカーも行方不明のままで、さらに気が滅入った。

知らず足取りが重くなっていたらしく、歩調が遅くなった維月に瑠璃が言う。

「維月様。早足じゃなく、遅足《おそあし》うぉーきんぐになってるぞ」

「え？」

「そこまでではないでしょう、瑠璃。せいぜい並足《なみあし》うぉーきんぐです」

「あ……ごめん。ちょっと考え事してた」

「はは～ん。さては、首領様から首飾りをもらってた俺たちに妬いたな？」

「見当違いだよ、瑠璃」

「そのようなご心配は無用です。首領様は維月様一筋でいらっしゃいます」

「違うんだってば、玻璃も」

「照れなくてもいいぞ、維月様」

「絵に描いたような、おしどり伴侶ですね」

「だから…」

チョーカーの紛失については言えないので、言い訳に苦心した。

連日の仕事で藍堂がいなくて寂しいだけだと、どうにか二人を納得させる。その頃には、森の外れにある小道にたどり着いていた。

この道の終着点には、樹齢千年超えの巨大なもみの木がずらりと立っている。

里に連れてこられた当時、ここに来たときに見せてもらった。壮観な眺めに、『クリスマスツリーがいっぱいある。毎年、一本ずつ切り取って飾りつけしたい』と言ったら、藍堂に無理だと苦笑された。

結界でこそないが、里と外界の境界線のひとつと言われて得心した。

来るのはあれ以来と思いながら、そこを目指して歩を進める。不意に、小道の右方向に目を向けた。

左側は鬱蒼《うっそう》と木々が生《お》い茂って薄暗いが、右手は少し開けている。木の合間から陽光が射し込んでいて、かなり明るかった。

そこの一帯だけ、深緑の芝生《しばふ》が敷きつめられたようになっていた。

寝転んだら気持ちよさそうと頬をゆるめたときだ。

「！」

ふと視界に入ってきた見覚えのある姿に、維月が双眸を瞠った。

芝生の中央に佇《たたず》んでいたのは、藍堂と香艶だった。儀式用の見慣れた和洋折衷の黒ずくめの衣装を着た藍堂と、サイケデリックな紫色の着物に黒の帯を締めた香艶は、青々しい草の中では目を引く。

周囲と比べてあそこだけ明るいので、くっきりと見えた。

藍堂は今の時間、翠嵐と神殿で重要な仕事中のはずだ。それがなぜ、こんなところにいるのだろうと首をかしげる。

近くに翠嵐もいるのかなと視線をめぐらせたが、見当たらなかった。

藍堂と香艶だけらしいとわかり、いちだんと不思議に思う。

知り合いなのだし、話すことは当然あるだろう。ただ、人気《ひとけ》のない森の外れでわざわざ会う必要はなさそうな気がした。

屋敷の中でいくらでも顔を合わせられるからだ。

もちろん、香艶に里の案内を頼まれた可能性もなくはなかった。

まだ距離があるので、二人の会話の内容はさすがに聞こえない。けれど、かなり熱心に話し込んでいる。

とりあえず、なにをしているのか直接、訊きにいこうとした瞬間だった。

藍堂との五十センチあまりの身長差をものともせず、香艶が突然背伸びして、藍堂の首筋に縋りつくように抱きついた。

しかも、首からぶら下がったまま、迷わず唇にキスしたのだ。

「!?」

予想外の場面を目撃し、思わず息を呑んだ。無意識に立ち止まり、その場で固まる。

双眼を見開いて立ち尽くす維月の前で、香艶は微動だにしない藍堂にさらに身体をこすりつけてキスをつづけた。

藍堂の胴に片脚を絡め、気のせいではなく腰も押しつけている。

体勢と激しい腰つきのため、着物の裾から白い太腿が見えていた。

唇を離したあとも、衣装の上からとはいえ、藍堂の肩口や胸元あたりに埋めた香艶の顔が蠢くのが見て取れる。

維月が勝手に名づけた『色気爆弾《エロボム》』さながらの淫らな所業だ。

立った体勢で、今にも藍堂とひとつになりそうな勢いに唇をきつく噛みしめた。

どれほど控えめに見ても、単なる知り合い同士とは思えない行動だろう。

白昼堂々、大胆にも青空の下でエロ行為中といった様子だ。

「……っ」

遠慮なく繰り広げられる睦み合いに、目も逸《そ》らせずに愕然とした。

香艶の意図がまったく理解できない。結婚祝いに駆けつけたのだから、藍堂は維月の伴侶だとも知っている。

承知の上でのことなら、厚顔無恥《こうがんむち》にもほどがあった。祝福してくれたのに、どういうつもりなのだと神経を疑う。

藍堂との新婚生活を教えてと言いながら、維月に敵愾心《てきがいしん》を燃やしていたのだろうか。

それなら、いっそストレートにぶつかってきてほしかった。藍堂を譲る気なんかないけれど、こんなふうに陰でコソコソされるよりはマシだった。

いい人だと思っていただけに、精神的な痛手だ。

香艶もだが、藍堂にもイラッとする。どうして抵抗もせず、香艶にされるがままになっているのか訝った。

抱き返してはいないものの、拒絶の意思は感じられなくて合意に見える。

そもそも、藍堂なら簡単にやめさせられるはずなのだ。それを、なぜ好きにさせているのだと怒りかけてハッとなる。

「っ……」

まさか、藍堂も現状が満更でもないのではと疑念を持った。

自分たちは完璧なカップルだと思っていたが、ひとりよがりだったのだろうか。

もしかして、藍堂は維月との仲に早くもマンネリを覚えているとか。

毎晩彼の腕枕で眠ったり、昔の話をねだったり、仕事に行く前に毎回引き止めたりする等々、本気で嫌がられていたらどうしよう。

性格面だけでなく、性方面のほうも気がかりはあった。

なぜなら、いつも自分のほうが気持ちよくなっている。恥ずかしい要求は拒み、泣いたら許してくれる藍堂に甘えていた。

正直、テクニック的には彼を満足させている自信はない。藍堂を受け入れる際も、一度目はまだ身体を強張らせてしまう。ほかにも、至らないことが多々あるかもしれなかった。

考えれば考えるほど、不安が込み上げてくる。

積み重なった欲求不満を持て余し、新鮮な相手を求めていたところに、古いつきあいの香艶が現れたとしたらと思い、胸を喘がせた。

フェロモンたっぷりでセクシーすぎる香艶と、子供扱いばかりされる維月だ。見るからに積極的でテクニシャンなエロボムが相手では、維月がもの足りないと思われてもおかしくない。

藍堂は香艶との刺激的な関係を楽しみたいのかもと考えて、いっそううろたえた。

仮にそうだとすれば、伴侶の自分にまず言うのが礼儀な気がした。

維月の目を盗んで会っているのも、極めて問題だった。

こうなると、ここ数日、仕事に行っていたというのも怪しくなってくる。

チョーカーのことで不安定になっている心が、さらに揺らいだ。志乃の身代わりにされたのではと思ったとき以上の衝撃を受けた。

「急に立ち止まって、どうしたんだ。維月様？」

「維月様、いかがなさいました？」

「‼」

「おい。頬が引きつってるぞ」

「お顔の色も蒼白《そうはく》ですし。どこか、お加減でも悪くおなりですか？」

「……っ」

「維月様？」

足を止めていた維月に気づいた瑠璃と玻璃が、少し先から駆け戻ってきた気配がした。

ショックのあまり返事もできずにいる維月の脛《すね》を、二人が前脚でつついたのを感じる。

それでも反応しないので目線を追ったらしい。

このときには、香艶が再び藍堂に熱烈なキスをしていた。

「げっ！」

「えっ！」

瑠璃と玻璃がぎょっとしたような短い声をあげた。

その直後、人の姿を取った玻璃が維月の目の前に立った。やはり人型になった瑠璃は背後から維月の両目を両手で覆い、藍堂と香艶のツーショットを視界から遮った。

強制的に遮断《しゃだん》されても、ショッキングな光景は網膜《もうまく》に焼きついている。

頬を歪《ゆが》めた維月に、瑠璃と玻璃がしどろもどろに言う。

「えっと……な、なんだ、その…っ」

「な、なんでしょうね。あの…っ」

「そう。たぶん、誤解だ。なあ、玻璃？」

「ええ、瑠璃。わたくしも、そのように思います」

「これには、きっとなにかわけがあるに違いない」

「どう考えてみましても、確実に深い事情しかありません」

「だよな」

「もちろんです」

「……どんな事情？」

「へ？」

「はい？」

焦りながらも藍堂を庇《かば》った瑠璃と玻璃に、やさぐれぎみに維月が訊いた。

今すぐ瑠璃の手を振りほどき、玻璃を押しのけたい。そうして、全力で芝生まで駆けていって、藍堂と香艶を力ずくで引き剝《は》がしたい衝動を必死に抑えた。

どちらが返事をするか譲り合っている彼らを淡々と促す。

「どういう事情があるの？」

「あ～……っと、俺たちの考えでは及びもつかないというか…」

「要するに、わからないのに擁護したんだね」

「いえ……首領様のご思慮《しりょ》は、緻密《ちみつ》に計算し尽くされていると推察できますので…」

「あくまで、瑠璃と玻璃の想像なんでしょ？」

「う……まあ…」

「は……はあ…」

「じゃあ、あの二人がどういう関係か知ってる？」

核心に迫る質問をして、『正直に答えて』とつけ加えた。端的にとも言い添えると、困ったような呻き声が聞こえたあと、返事がくる。

「…香艶が里に来て、首領様と知り合いだって初めて知った」

「…静闇様との交わりは存じ上げておりましたが、香艶については初耳でした」

「ふうん。……だったら、本格的に人目を忍んだ逢瀬《おうせ》なんだね」

「いや。まだ密会って決まったわけじゃ…」

「そうです。重要なお話がおありになっただけかも…」

「下手な慰めはいらないから」

「維月様……」

困惑に満ちた声色で、そろってハモった二人に名前を呼ばれた。

藍堂の肩を持ちたい気持ちはわかるので、瑠璃と玻璃を責めるつもりはない。維月への配慮も充分に感じ取れるから、なおさらだ。

罪深いのは、彼らに気を遣わせるようなことをした藍堂だろう。

たとえ、どんな事情があろうとも、現状は見過ごせない事態だ。

香艶がどれほど魅力的でも、誤解を招くような振る舞いを伴侶の維月以外の誰かとするのは言語道断だった。

藍堂を信じたいのに、見たシーンが衝撃的すぎて難しい。

双方がアバンチュールの感覚だとしたら、なお悪かった。

そもそも、まだ新婚と言える時期なのだ。それなのに、こうもあっさり目移りされるとは心外でしかない。

妊娠中でも嫌だが、妊活中に浮気するなんて、どういうつもりだと理不尽さに目を据わらせる。

事あるごとに、『維月しかいらない』『愛しき我が花嫁』『絶対に二度と離さない』など、甘い言葉を言ってくれたのにと拳を固く握った。

「……ひどいよ…」

「なんだって？」

「なにかおっしゃいましたか、維月様？」

「……っ」

のどに絡んだかすれた呟きは、瑠璃と玻璃には聞こえなかったようだ。

またも押し黙り、何度も溜め息を押し殺す。

昨夜も濃厚な一夜を過ごした分、藍堂の行動が裏切りに思えた。香艶に触れた手や唇で自分にもと考えただけで吐き気がする。

嫉妬と相俟って、猛烈な怒りが込み上げてきた。

できることなら、香艶を『恥知らず！』と非難してやりたい。

藍堂はグーで顔を殴って、『嘘つき！』と罵《ののし》りたかった。

離婚もちらつかせて『実家に帰らせていただきます‼』と高らかに宣言し、里を出ていきたかったが、維月ひとりでは人界に行けないので叶わない。

どうするにしろ、藍堂との話し合いが必要だった。

ただし、今は感情的になりすぎているので、少し時間を置く。

気遣わしげな雰囲気をただよわせる瑠璃と玻璃に、溜め息をついた。とにかく、両手の覆いを取ってもらおうと告げる。

「手を離してくれるかな」

「身体の向きを変えてからなら、いいぞ」

「……藍堂たち、まだくっついてるんだ…」

「ええと、少なくとも、もう接吻はしておりませんよ」

「……っ」

キス以外のことは続行中なのかと思ったが、口には出さなかった。

狼狽《ろうばい》が伝わったのか、そっと髪を撫でられる。瑠璃は目隠しで両手が塞がっているから、
玻璃の手だ。

涙が滲みそうになったのを懸命に堪えたせいで、のどの奥が痛くなる。

声が震えるのはどうにもできず、あきらめて言う。

「…わかった。瑠璃、玻璃。僕を連れて、ここを離れて？」

「今すぐ、屋敷に連れて帰ればいいんだな」

「お願い」

「かしこまりました、維月様」

次の瞬間には、目の覆いが取られた。維月の目に映ったのは見慣れた私室で、瑠璃と玻璃が森の外れから一瞬で屋敷に移動したのだと悟る。

畳の上に崩れるように座り込んだ維月に、二人も両膝をついた。

「維月様、大丈夫か？」

「すぐにお布団をお敷きいたしますので、お休みになってください」

「……ありがとう。でも、静闇様のとこに行かなきゃ」

「けど…」

「体調が優れないと、静闇様への伝言をうけたまわりますが？」

「ううん。楽しみにしてくれてるから、僕の都合で断るのは悪いよ。それに……静闇様と話したら、少しは気が静まるかもしれないし」

「……そうか」

「……くれぐれも、ご無理はなさいませんように」

「うん」

静闇の部屋まで、瑠璃と玻璃はつき添ってくれた。襖の前で深呼吸を繰り返し、笑顔を心がけて声をかける。

「静闇様、維月です。お邪魔してもよろしいでしょうか？」

「おお、入るがよい。待っていたぞ」

「失礼します」

入室すると、満面の笑みで迎えられた。

黒地に変わった縞《しま》模様の着物に黒っぽい帯を合わせた静闇の装いは、襟元から紫紺の半襟が覗き、今日もシックだ。高貴なルックスとよくマッチしている。

今日は庭に咲く花を愛でると言っていたが、優雅に杯を傾けていた。

縁側の近くにいる静闇に近づいていき、目線で示された座布団に座った。隣で胡座の片膝を立てた格好の彼が、維月を見て端整な眉を片方だけ上げる。

「どうした。元気がないな？」

「いえ。なんでもありませんよ」

「どことなく、悲しげな顔に見える」

「静闇様……」

杯を持っていないほうの手が維月の頬を優しく撫でた。そのまま包み込むようにして、瞳を覗き込まれる。

吸い込まれそうな暗碧の双眼を見つめ返し、どうにか微笑んだ。

「遠くまで出かけていたので、ちょっと疲れているだけです」

「そうか。ならば、わたしにもたれかかるか」

「え？」

「膝枕でもよいぞ」

「あのっ……お気持ちだけで充分です！」

神様に寄りかかったり、膝枕をしてもらったりするなんて、とんでもなかった。遠慮はいらないとなおも言われてかぶりを振る。

頬にある静闇の手から失礼にならないよう顔を離し、あらためて礼を述べた。

「お心遣い、ありがとうございます」

「気にするな」

「はい。……ところで、静闇様は花見酒《はなみざけ》ですね」

「庭の花木《かぼく》が見事でな。朝からずっと眺めていた」

「黄泉の国には、どんな植物があるんですか?」

「荊棘《けいきょく》しかない」

「けいきょく?」

聞いたことがない植物名に首をかしげた。黄泉の国の固有種なのかなと思っている維月に静闇が教えてくれる。

「イバラのことだ」

「あ。トゲがあるやつですね。たしか、小さな薔薇《ばら》みたいな花が咲く」

「うむ。漆黒の花をつける。滅多にないことだが、掟《おきて》を破って黄泉の国から逃げ出そうとした死者の魂を、鋭い棘《とげ》つきの蔓《つる》を伸ばして引っかけて捕縛《ほばく》する。わたしの補佐を務める有能な植物だ」

「……食肉植物のエグいヴァージョン的な…?」

魂を食べはしないので、捕魂植物とでもいうか。

そんな怖い黒い花しかないのなら、庭に咲き乱れる色とりどりの花たちを一日中見ていても飽きないはずだ。

このあとも、静闇と他愛ない会話を交わした。

藍堂と香艶のことは、少しも頭から離れなかった。藍堂が帰宅したら、おそらく締め上げる勢いで問いただしてしまうだろう。

いっそ、静闇に二人について訊ねてみようかとも考えた。けれど、瑠璃と玻璃と同じく、ラブアフェア自体を知らないかもしれなくて思いとどまる。

真相をぼかして相談したい気持ちもあって悩んだ。

気もそぞろに、一時間半ほど静闇の相手をして暇《いとま》を告げる。

「もう、そのような刻限か。そなたといると愉快で、時が経つのが早いな」

「僕も楽しかったです」

「話し足りないが、急ぐこともあるまい」

「はい。明日は里をご案内しますか？　それとも、こちらでお話をなさいますか？」

「そうだな。一晩考えて、明朝知らせるとしよう」

「わかりました。……あの、静闇様」

「どうした？」

鷹揚《おうよう》に応じられて、ささくれ立っていた心が和んだ。

穏和な眼差しに背中を押された心地で、おずおずと切り出す。

「明日にでも、僕の相談に乗っていただけますか？」

「わたしでよければ聞こう」

「ほんとに、よろしいのですか？」

「無論だとも」

「ありがとうございます！　…お客様にこんなことを頼んだりして、申し訳ありません」

「なに。世話になっているそなたへの、ほんの礼だ」

「静闇様」

縋るような視線で静闇を見つめている自覚は、維月にはなかった。

里の皆は信用できるが、きっと全員が藍堂サイドだ。森での一件でも、瑠璃と玻璃は即座に藍堂を擁護する発言をした。

維月も金鬼の一員になったけれど、藍堂に忠実な彼らだけにアウェー感が強い。

静闇も藍堂の友人ながら、里の面々よりは中立的な立場だろう。いざとなれば、香艶に注意もしてもらえる。

どんなふうに話すか考えなくてはと思う維月の髪に、静闇が触れてきた。

「やはり、憂いがあったか」

「最初から、お見通しでしたね」

「こう見えて、曲がりなりにも泣く子も黙る神ゆえな」

「！」

自らを親指で示して真顔で言った彼がおもしろくて、つい噴き出してしまった。

悪戯っぽい光が双眸にあったので、すぐにふざけているともわかった。神様が冗談を言うなんて意外だった。

「ようやく、会心の笑顔が見られたな」

「あ……」

「そなたは笑っているほうが愛らしいぞ」

「…ありがとうございます。では、そろそろ失礼します」

「うむ。またな」

「はい」

穏やかな微笑みで送り出されて、部屋に戻った。

心配もあらわに、瑠璃と玻璃が出迎える。室内に藍堂の姿はなくて安堵する反面、まだ香艶と一緒にいるのではと疑心暗鬼になった。

いつになく、じりじりしながら待ちつづける。

夕食の直前になって、やっと藍堂が帰ってきた。予定の時間より三十分以上遅い。

複雑な顔つきを隠さない瑠璃と玻璃が、入れ替わりに下がった。

脳に直接話しかけて藍堂に詳細を知らせられる彼らだが、センシティブな問題だからか伝えていないらしかった。

そういえば、森の外れで多少距離があったとはいえ、藍堂がこちらに気づかなかったことにも思い至る。

それだけ香艶に気を取られていたのだと、あらためて痛感した。

維月の顔を見るなり、彼が愛おしいと言わんばかりに右眼を細めた。ただいまのキスとハグをするために、すぐそばに歩み寄ってくる。

「今、戻った」

「……おかえり」

「遅くなってすまない。翠嵐との議論が長引いた」

「………」

「これでも切り上げてきたのだが、夕餉《ゆうげ》には間に合ったな」

まるで取ってつけたような言い訳に聞こえて、もやもやした。

嘘ではないだろうが、香艶といたことは言及されない。ばれない限り、維月には内緒で関係をつづける意思表示みたいでカチンときた。

我慢し切れなかった本音がポロリとこぼれる。

「…相手はほんとに翠嵐なのかな」

「なにか言ったか?」

「僕に触らないで」

「維月?」

最初の呟きは小声すぎて聞き取れなかったようだ。あえて言い直さず、ハグのために伸ばされた手を硬い声色で拒んだ。

怪訝そうな表情を浮かべた藍堂を睨み上げた。

探りを入れる手間は省き、単刀直入に不貞疑惑を問いつめる。

「今日の昼頃、香艶さんと会ってたよね」

「……ああ」

鉄壁のポーカーフェイスが微かに崩れたのを見逃さなかった。右側の頬が一瞬、ピクリと動いたのだ。

嘘こそつかれなかったけれど、返事にも微妙な間があった。

疑惑が確信に変わり、感情を爆発させた維月がさらに藍堂に詰め寄る。

「なんで、そのことを黙ってたの？　翠嵐の名前しか出さないって、後ろめたさマックスの証拠だよ！」

「そういうわけではない」

「じゃあ、どういうわけ？」

「言葉どおりの意味だ」

「意味不明だし。ていうか、あのキスはなんなの？　抱きつかれても、身体を触られても、腰を押しつけられても、まったく抵抗してなかったよね。それって、ただの知り合いじゃなくて、香艶さんが好きだからでしょ？」

「そんなことはありえない」

「あなたの言い分が説得力ゼロだってわかってる?」

「とにかく、おまえの勘違いだ」

「はあ?」

香艶との密会を認めたのに、落ち着き払っている藍堂が癪《しやく》に障った。

余裕綽《しやく》々《しやく》の態度が、維月を丸め込めると思っているようで憎たらしい。言い逃れは許さないと、語気をさらに強めた。

「ごまかさないで。だいたいね、僕と結婚してるのに浮気するなんて最低!」

「浮気などしていない」

「香艶さんとエロエロしてたの、見たもんっ」

「あれは違う」

「なにが違うのさ。ちゃんと説明してよ」

「だから、私にはおまえだけだ」

「………」

この期に及んで、明確な釈明をするつもりはないらしかった。ただ全否定し、開き直ったようにも取れる対応をされて苛つく。

香艶との浮気現場を押さえられたにもかかわらず、維月を愛しているの一点張りだ。

いくらなんでも、それは通用しない。

「そんなの信じられるとでも思ってるの？」

「真実だからな。信じてくれていい」

「だったら、僕が納得できるように香艶さんとの関係をきっちり話して」

「私の花嫁はおまえしかいないということだ」

「……っ」

これだけ頼んでも、やはり弁解する気はないのだと悟った。

ますます感情的になり、輿入れ後、初めて本気の口喧嘩になった。

「結婚一年でほかの誰かに走るなんて、ほんと最悪だから！」

「誰にも走っていない」

「嘘つき！　古いつきあいの知人とか言って、香艶さんは元カレだったくせに！」

「私は嘘はつかない」

「ついたよ。今日は昼から神殿で仕事だって言ったのに、違ったでしょ！」

「予定にはなかったので、嘘ではない」

「詭弁《きべん》だし。潔く謝ったらどうなの。浮気したんだよ？」

「あいにく、していない」

「あんな決定的シーンを見られといて、しらを切り通せると思ってるの？」

「あれは単なる接触にすぎない」

「‼」

激昂《げっこう》しているのは維月だけで、淡々と反論する藍堂も気に入らなかった。あげく、香艶との淫らな行為を接触と言い切られて、はらわたが煮えくり返る。

自分と愛し合うのも、そのくらいの認識なのかと思えたせいだ。

もしくは、香艶に『維月と早く別れて自分と』的なことを言われた際も、同じ台詞《せりふ》で宥めているのかもしれなかった。

香艶と維月の性技巧を比べて、香艶に軍配を上げている可能性もある。

それを二人に笑われる屈辱的な想像に行き着き、堪忍袋の緒が切れた維月が藍堂を見上げて詰《なじ》る。

「この、浮気腹黒変態エロ鬼！」

「……っ」

「藍堂のバカっ。往生際《おうじょうぎわ》が悪すぎるよ」

「維月……」

「そっちがそういうつもりなら、僕にだって考えがあるもん」

「どういうことだ？」

「しばらく、顔も見たくない。今から別居なんだからね‼」

「なんだと⁉」

「浮気夫に意見する権利なんてないし」

「だから、私は浮気など…」

「その台詞はもう聞き飽きたの！」

「……」

最後は叫んで、勢いよく襖のところまで走った。

想定外の維月の言動だったのか、藍堂の反応が遅れる。名前を呼ぶ声が聞こえたけれど、無視した。

部屋を飛び出して廊下を十メートルほど駆けたあと、ちらりと背後を見遣る。

かなり期待していた彼の姿がなくて眉をひそめた。

足を止めて身体ごと振り返り、少し待ってみたが、来る気配はない。

維月を呼びながら追いついてきた藍堂が『待て』と後ろから肩を摑み、強引に押しとどめて『誤解だ』と事情を話して仲直りというドラマティックな展開を望んでいたのにと、憤然となる。

すぐに追いかけてきてくれたら考え直す余地もあったのに、追いかけてすらこない藍堂にいちだんとムカついた。

「……どこまでも僕の恋心を踏みにじって…っ」

呟いてから、腹立ちのあまり部屋に取って返す。

中途半端に開いたままの襖をスパンと音を立てて全開にした。意外そうにこちらに視線を向けた彼に突っかかる。

「追いかけてもこないって、どういうつもりなの⁉」

「しばらく、私の顔は見たくないのだろう？」

「たしかにそう言ったけど、引き止める素振りくらいしてよ！」

「そうしたら、さらに怒ったのではないか？」

「それでも、行くなって言ってもらいたいの‼」

「言えば、怒りをおさめてくれるのか？」

「そんなわけないでしょ。浮気したことを謝られてもないのに！」

「していないことについての謝罪はできない」

「……っ」

恋愛感情の繊細な機微をちっとも理解されずに苛々する。

動揺ひとつせず、維月の言葉を分析している冷静さも腹立たしかった。水かけ論で埒《らち》が明かない状況もだ。

自分が聞き分けなく、一方的に藍堂を責めている気にもさせられた。

眼前の彼を睨みつけて、怒りに震える声を出す。

「……もういい。あなたなんか知らない」

「維月」

「追いかけてこなくていいから！」

「だが……」

返事は待たずに襖を閉め、今度は振り返らずに早足で歩いた。

つい癖で首もとに片手をやってハッとし、唇を嚙む。そこにあるはずのチョーカーがないことも思い出して頰を歪めた。

浮気に意識を持っていかれていたが、チョーカー紛失の件も気が重い。

どちらも重大な事件で、自分ひとりでは手に余った。

一番相談したい藍堂が両方の当事者という非常事態だ。

頼れる人がいなくて途方に暮れる維月の脳裏に、ふと静闇の姿が浮かぶ。

明日の約束を早めてもらえないか頼んでみようと思った。

「迷惑をかけちゃうのは申し訳ないけど…」

里の者以外で頼りにできる相手は、静闇しかいなかった。香艶は論外だ。

人界にある実家に帰れない以上、緊急避難先が必要だった。

首領の伴侶を置いてくれる勇者は、里にはいないだろう。例外は藍堂の両親だが、家が遠すぎるし、いざとなったら息子の味方をするかもしれない。

あらゆる点で、やはり静闇のところがベストだ。

藍堂が反省して謝ってくるまでの間、とりあえず静闇の部屋に避難させてもらおう。ほんの少しでも静闇のほうが藍堂よりも霊力が強いらしいから、もし藍堂が維月と会おうとしても阻止できそうだという考えもあった。

浮気の一件に加え、チョーカーについても相談しようか悩む。そこに、白黒子柴が駆け寄ってくるのが見えた。

「維月様、大丈夫だったか？」

「首領様との話し合いは、無事に終わりましたでしょうか？」

「瑠璃、玻璃」

瑠璃と玻璃なりに、なりゆきを心配してくれていたようだ。

気遣いがうれしくて、廊下に両膝をついて二人と目線を近づける。

「わざわざ来てくれたんだ」

「当たり前だろ。ずっと、やきもきしてた」

「維月様のご心痛を思うと、いてもたってもいられずにおりました」

「そっか…」

「でも、なんでこんなところにひとりでいるんだ？　もう夕餉の時間だぞ」

「食事の前に、ご入浴でもなさるおつもりですか？」

「それなら、少し時間を遅くするように料理番に伝えたほうがいいな」

「わたくしは維月様のお着替えをご用意して参ります」

あれこれと気を回す彼らの存在も、今は気休めにしかならなかった。おもむろに両手を伸ばして抱き上げて立ち上がり、つぶらな瞳を交互に見つめる。

微苦笑を湛えて、ゆるくかぶりを振りながら言う。

「どっちもしなくていいんだよ」

「維月様？」

「ですが…」

「藍堂と喧嘩して、部屋を飛び出してきちゃったんだ」

「では、話し合いは物別れに？」

「うん。浮気を認めない藍堂に僕がキレて、別居宣言した」

「……よく里が崩壊しなかったな」

「……おそらく、どこかがなにかしらの影響を受けているはずですよ」

「なに？」

瑠璃と玻璃の囁きを聞き損じて訊ねたが、なんでもないと返された。

また藍堂を庇う発言かなと思いつつ、歩き出す。どこに行くのか問われて、ちょっとそこまでとごまかした。

うっかり本当のことを答えて、藍堂に霊力で知らせられたら大変だ。

静闇の部屋に着く前に、万が一にでも連れ戻されるのを警戒した。それでも、静闇が滞在する部屋は二人も知っているので、近づいていくにつれてばれた。

「静闇様のところに行くのか、維月様？」

「まさか、お泊まりになるおつもりでいらっしゃる？」

「静闇様がいいって言ってくれたらね」

「そのことに関して、首領様はご存知なのでしょうか？」

「喧嘩中だもん。教えるわけないじゃない」

「維月様…」

「あ。着いた。二人とも、おとなしくしててね」

なにか言いたげな瑠璃と玻璃を制し、襖の前に立ち止まった。

声をかけると入室の許可が出て、神妙な面持ちで足を踏み入れる。瑠璃と玻璃ともども快く迎えられてホッとした。

静闇の正面に敷かれた座布団に勧められて座る。正座の膝の上に瑠璃と玻璃を乗せた。

二メートル近い長身の静闇なので、藍堂ほどではないが、存在感があった。

瑠璃と玻璃の手前、チョーカーのことはまだ黙っておく。

「突然、押しかけたのに、さらに頼み事をさせていただくのは恐縮なのですが…」

「そう固くかまえなくともよい。申してみろ」

「はい。勝手なお願いなのですが、しばらくの間でかまいません。理由は訊かずに、僕をこちらに置いてもらえませんか?」

「ほう?」

「あと、その間、藍堂と会わないでいられるようにしてほしいんです」

維月の言葉に、抱きしめている瑠璃と玻璃が身じろいだ。見上げているのか視線を感じたけれど、あえて見つめ返さない。

意志の固さを示すために、腕に力を込めてつづける。

「それから、香艶さんが静闇様の従者なのは知っていますが、彼とも顔を合わせたくないので、この部屋に入れないでいただけると助かります」

静闇をまっすぐに見つめて言い募った。

しばしの沈黙のあと、彼がおっとりした口調で応じる。

「なにやら、込み入った事情がありそうだな」

「わがままを言って申し訳ありません」

「気にするな。……これはなんとも、笑いが止まらない事の運びだ。まだ勘づいていないのか、承知ゆえに慎重になっているのか」

「えっと、なにか?」

早口の低い呟きを聞き逃した維月が首をかしげた。

やはり、図々しすぎる頼みだったのかもしれないと思い当たる。

身の置きどころがない心境で謝罪と退出を告げようとした維月より一瞬早く、静闇が口を開く。

「そなたが困っているのであれば、わたしに気兼ねなく、好きなだけここにいればよいと申した」

「でも、よろしいのですか?」

「どうやら、わたしの従者が面倒をかけているようだしな」

「いえ……あの、まあ…」

「主人として、そのせめてもの償いだ。香艶に用があるときには、わたしが外に出ていくから案ずるな」

「静闇様…」

「藍堂についても承知した。伴侶とはいえ、多少のすれ違いはあって当然だろう。理由は当人同士にしかわからぬことゆえ、話したくない気持ちもわかる。そなたが話そうと思わぬ限り、訊く気はないから安心するがよい」

「ありがとうございます!」

理解ある対応をされて、瑠璃と玻璃を抱いたまま頭を下げた。

安堵した拍子に、腹が鳴って頬が熱くなる。失礼しましたと謝ったら、夕食を持ってきてもらおうと静闇が笑った。

そうと決まれば、維月の着替えもそれなりに必要だろう。

心配をかけない意味でも、藍堂にも維月が静闇のもとにいることを知らせたほうがいいと諭される。

「なんなら、ここにいる間のそなたの護衛も、わたしが引き受けよう」

「そこまでしていただくのは、気が引けます」

「もののついでだ。この者たちは藍堂を守護するのが本来の務めだったな」

「ええ…」

たしかに、静闇のそばにいるのなら、ボディガードは必要ない。瑠璃と玻璃がいないのは寂しいけれど、ひとりで考える時間も欲しかった。

彼らに会いたくなったら呼べばいいしと思い、静闇の案を呑む。

どうせなら、瑠璃と玻璃に使いを頼もうと提案された。

それもそうだなと納得し、二人を畳の上に下ろす。

早速、部屋に来るなと香艶に伝えてくると静闇が立ち上がった。瑠璃と玻璃は自分が見送るから、維月はここで待っているよう言われてうなずく。

「わたしはすぐに戻る」

「はい。…じゃあ、瑠璃、玻璃。よろしくね」

「……わかった」

「……かしこまりました」

もの言いたげな碧色と紫色の瞳に微笑みかけて、小さく手を振る。

静闇と一緒に瑠璃と玻璃も部屋を出ていき、藍堂との家庭内別居に突入した。


閉められた襖を眺めて、藍堂は深い溜め息をついた。

あれほどの激情に駆られた維月を見るのは初めてだった。そうさせたのが自分だとわかるだけに、非常に心苦しい。

「維月……」

香艶と会っていた現場を彼に見られていたのは誤算だ。

まさか、あんな森の外れに誰か来るとは想定していなかった。外界と結界の境で訪れる者がいないと踏んで選んだ場所が仇《あだ》になった。

人目を避けた忍び逢《あ》いだと勘違いされたのだ。

香艶と話しながら思考を読み取ろうと集中するあまり、維月の存在に気づかなかった己の失態だ。

無論、維月にも言ったとおり、疚《やま》しいことはなにもない。

あえて接触を拒絶しないでいたのも、藍堂にとっては正当な理由があった。浮気などでは絶対にないと断言できる。

「……思い違いなのだが」

誤解を解きたかったものの、事の全貌が摑めていない状況では難しかった。

どんなに説明を求められても、彼に対する想いを訴えるしか手立てはなかった。

明言を避けつづけた結果、今までになく怒らせた。捨て台詞を残して部屋から出ていく前の維月の表情が眼に焼きついている。

苛烈な怒りの中に、悲しみや不安も見て取れた。

詳細を話して安心させてやりたかったが、今はできずに悶々《もんもん》とする。

歯がゆい反面、激昂している彼が落ち着くまで時間を置こうと考えた。追いかけていきたい気持ちはあっても、引き止めて話せば堂々めぐりになる。そうなると、もっと傷つけてしまうだろう。

ただでさえ、自分とのやりとりで疲弊《ひへい》していた。

維月の正確な心情を読まなくても、表情から充分に窺えた。

今以上に傷心させないためにも、冷静に話し合える頃合を待つ。かといって、別居は受け入れられない。

日中に務めで会えないのも不本意なのだ。愛おしい彼を片時たりとも離したくないのが本音だった。

少し経ったら、首飾り越しに彼を見つけて迎えにいくつもりでいた。

「……これも筋書きどおりだとすれば、極めて悪辣《あくらつ》だな」

苦々しい口調で呟いて、再び溜め息をついた。

全容解明を急ぐ必要があったとはいえ、自分の行動が悔やまれる。

今日の昼過ぎ、神殿での務めに向かう藍堂を香艶が訪ねてきた。正直なところ、迷惑でしかなかった。

尤《もっと》も、訝っている事柄について確認する好機とも思えた。

迷ったのも束の間で、香艶の申し出を受けた。

しばらくの間、翠嵐に務めを委ねることにした。柘榴たちの問題を承知の翠嵐も、その件について話をつけるのだろうと察したらしい。

それだけではなかったが、詳しくは語らず、あとを任せた。

日頃、誰も足を運ばない森の外れに霊力をふるって移動し、香艶と向き合う。

鬱陶しいほどの色気を振り撒《ま》かれてうんざりぎみの藍堂を後目に、性懲《しょうこ》りもなく誘惑してこられた。

「二人きりになれる場所に連れてきてもらえて、うれしいな」

「誰にも聞かれず、話をするためだ」

「おれたちの愛の囁きだよね」

「そんなくだらないことはどうでもいい」

「くだらなくなんてないよ。おれは、藍堂様をずっと…」

「里に来た日、維月の《孕蕾》の痕跡がうっすらとだが、おまえから感じ取れたのはなぜだ？」

香艶の言葉を遮り、隙をつく意味でも前置きなく訊ねた。

同時に読み始めた思考は、現状のせいか色欲《しきよく》だらけで胸が悪くなる。反吐《へど》が出そうになりながらも、欲望を選《よ》り分けて真実を探した。

眉ひとつ動かさないまま香艶を見遣り、返事を促す。

「明確に答えろ」

「なんのことだか、さっぱりだね」

「とぼけるのか」

「本当にわからないんだけどな。でも《孕蕾》って、藍堂様ってば、あいつと本気で子づくりするつもりなんだ？」

「おまえには関係ない」

「おれにも《孕蕾》をつくってほしいな。藍堂様なら、種類が違うおれにも子を孕ませられるよね。藍堂様との子だったら欲しい」

「願い下げだ。質問の答えは？」

「わからないものはわからないよ」

「……………」

案の定、素知らぬふりを決め込まれた。筋金入りの嘘つきなので、意表を突いても動揺すらしない面《つら》の皮の厚さだ。

不快極まる態度に、藍堂の表情が自然と険しくなった。

謎なのは、七日前にはたしかに感じられた維月の《孕蕾》の痕跡が、まったくなくなっている実態だ。

香艶の思考を探ってみるが、欲情が先行していて読みづらい。

意識を集中させると、静闇の片鱗がわずかに察知できた。順当だと思ったものの、完全に読む前にまた膨大な欲に呑み込まれてしまう。

辛抱強く最初からやり直しつつ、追及の手をゆるめるつもりもなかった。

相手が天性の嘘つきなのは承知なので、さらに問いただす。

「白々《しらじら》しい芝居《しばい》はやめろ」

「その言い方は傷ついちゃうな」

「真実だろう」

「藍堂様のつれない態度もそそるんだけどね」

「いい加減に答えをよこせ」

「そう言われても、おれを責めるだけの証拠はある？」

「少なくとも、私の配下を三人もたぶらかした事実は証明できる」

「あれは合意の上だよ。みんなで楽しんだだけだから」

「おまえをめぐって仲違《なかたが》いしているが？」

「喧嘩はしないでって、ちゃんと言ったよ。抱き合うときも、四人で一緒に平等になるようにしかしてない」

「そんなことはどうでもいいが、彼らとは二度と会うな」

「いいけど、かわりに藍堂様がおれと会ってくれる？」

「断る」

「じゃあ、お願いは聞けないね。鬼の中でも、やっぱり金鬼は一番体格がいいだけあって、アソコもすごくて絶倫だから、抱くのも抱かれるのも、すごく気持ちがよくて病みつきになるんだ」

「ふざけるのも大概にしろ」

「本当のことだよ。藍堂様は上手そうだし、めちゃくちゃに抱かれたいな」

「そもそも、静闇と結託《けったく》して、なにを企《たくら》んでいる？」

ろくでもない話題は無視し、誘いは撥《は》ねつけて真っ向から核心に迫った。

婚姻祝いは建前だとわかっているとつけ加えると、言いがかりだと返された。双眸を見開いてかぶりを振る身振りが、いかにも胡散《うさん》臭い。

厳しい顔つきの藍堂を怖れるでもなく、香艶が小首をかしげた。

「心当たりはないよ」

「怪しい限りだな」

「でも、藍堂様がくちづけてくれたら、ちょっとは思い出すかも」

「………」

「舌を絡めた濃いやつね。そうだ。抱いてくれたら、たぶん全部を思い出せるかもしれないけど」

「………」

「じゃあ、まずはくちづけから」

こんな調子で、どれだけ詰問《きつもん》しても、のらりくらりと躱された。

まともな返答は期待できないと痛感し、思考を読むほうに重点を置いた。その途端、鼻息も荒く触れてこられてげんなりしたが、さきほど逃した静闇関連の思考を摑めたので、そちらを優先させる。

思うように愛撫に応えない藍堂に焦れたのか、香艶がなおも言い寄ってくる。

「藍堂様のこと、もうずっと好きなんだよ」

「私には魂の伴侶がいると、何度も言っているはずだ」

「別に、おれと寝るくらい問題ないと思うな。ばれなかったらいいんだしね」

「おまえを含め、ほかの誰にも興味はない。維月が私のすべてだ」

「あんなやつのどこがいいわけ？」

「……………」

あからさまに蔑《さげす》んだ言い方をされて、藍堂が片眉を上げた。

少し前にも、維月のことを『あいつ』呼ばわりしていたのも思い出す。自然と低くなった声色で警告する。

「私の花嫁に対する口の利き方に気をつけろ」

「だって、藍堂様のおかげで金鬼の体質になったたって言ったところで、しょせんは元人間だよ。おれたちみたいな純血種の鬼とは違うから、際立った特徴もないし、なんの能力も持ってない劣った存在じゃない」

「……………」

「おまけに、あの色気のなさと華奢な体格からして、寝床で藍堂様を満足させてるとは思えないな」

「………」

「おれのほうが藍堂様にふさわしいって、自信を持って断言できるよ」

自らの魅力が通じない鈍感さにも呆れたとつづけられた。

維月の悪口を並べ立てられて、そこは本音と読めた分、不愉快になる。維月を誘惑していた事実もだ。

それに気づいてさえいないのは、いかにも維月らしい。

なにより、維月のことをなにも知らないくせにと思った。色気がないとは片腹痛いが、真実を知る者は自分だけでいい。

無論、愛する者をこうも侮辱されては業腹《ごうはら》だった。

容赦なく八つ裂きにしたかったものの、維月の《孕蕾》にかかわる事実をまだ摑めていないので、すぐには動けない。

一応、静闇の従者でもあるため、迂闊《うかつ》に報復もできずにもどかしかった。

「!?」

しかも、ようやく捕まえた目当ての思考が読む寸前に消えた。

藍堂に読まれる間際に消失するなど、仕組まれていたとしか思えない。誰が仕組んだのかは言うに及ばずだ。

思考の解読は無駄骨だった上、さすがに見過ごせない事態になってきた。

「ちょっと、藍堂様？　お楽しみはこれからだよ」

「話は終わった」

「だから、次は身体で……」

まだなにか言っている香艶を引き剝がし、藍堂は神殿に戻った。気分的には置き去りにしたかった香艶も、自分とは別に屋敷の近くまで移動させた。

その後、つつがなく務めを果たして帰ってきて維月と揉め、今に至る。

静闇を無邪気に信じている維月に、どう事情を話せばいいか考えながらも、彼の動向が気になった。

一度引き返してきたあと、部屋を出ていってからわりと経つ。

「……遅いな」

頭を冷やせば戻ってくると思ったが、まだ帰ってこない。

夕餉の時間が過ぎても戻らず、いよいよ心配になった。首飾りを通して居場所を見つけようとしたときだ。

部屋の襖の外から、声をかけられる。

「首領様」

「今、よろしいでしょうか？」

「瑠璃と玻璃か。入れ」

「失礼いたします」

子犬の姿を取った霊獣たちが、殊勝な面持ちで入室してきた。一緒にいるはずの維月は見当たらずに、微かに眉をひそめる。

藍堂のそばまでやってきて座り、まずは瑠璃が口を開く。

「静闇様から伝言があって」

「なんだ？」

「それなのですが…」

なんとも困ったように顔を見合わせた瑠璃と玻璃が交互に言った。

いわく、維月が静闇の部屋にしばらくいたいそうだから、いさせることにした。この間《かん》、藍堂が維月に用事があるときは静闇を通すように、維月の護衛も静闇がすると伝えられて、また溜め息をついた。

「……そうきたか」

「静闇様の部屋でそう言い出すまで、俺たちも維月様がなにを考えてるのかわからなかったんだ」

「首領様に即座にお知らせしようとしたのですが、わたくしも瑠璃もなぜか霊力が使えずにどうにもできませんでした」

「維月様に考え直してほしかったんだけど」

「なんと申しますか、その……森の外れで見てしまわれた首領様と香艶の件で、たいそうお心をお痛めになった維月様の、首領様とお顔を合わせたくないというご意思が固くていらっしゃいましたので…」

「あと、維月様はまったく感じてなかったみたいで不思議だけど、静闇様の威圧感がすごかったんで、俺たちは口を挟めなくて…」

「力及ばず、申し訳ございません」

「すみません、首領様」

「おまえたちは謝らなくていい」

すっかりしょげている瑠璃と玻璃の頭を軽く撫でて宥めた。

二人を責める気はまったくないが、難局に直面したのは確かだ。

維月が静闇のそばにいるとなると、手を出すのは慎重にならざるをえなかった。

たとえ自らが創《つく》った世界の強固な結界の中だとしても、静闇と藍堂の霊力が拮抗《きっこう》しているせいだ。

全力を出せば互角に渡り合えるものの、ただではすまない。

おそらく、静闇は部屋に自身の結界を張っているだろう。だから、瑠璃と玻璃は霊力をふるえなかったのだ。

自分はそんなことにはならないにせよ、無理やり入ろうとすれば、藍堂でさえ無傷ですむ保証はなかった。

首飾りを通して維月の様子を見るのも、現時点では難しい。

静闇の結界内を覗く危険を冒して、維月にまで害が及んでは本末転倒だろう。

維月が進んで行ったとはいえ、大切な花嫁が静闇の勢力圏に人質として囚《とら》われてしまったような状態だ。

静闇にとっては、願ってもない状況といえる。

藍堂の妨害もなく、好ましい相手を手元に置けているからだ。

一晩であろうと、維月が静闇と過ごすと考えただけで、嫉妬でどうにかなりそうだった。

維月に飽きるどころか、相当気に入っている静闇が、この機に乗じてなにをするかわからずに頭が痛い。

藍堂に無断で里から連れ去りはしなくとも、油断は禁物だ。

自分に対してかなり怒っている維月に頼まれれば、叶えそうで気が気ではなかった。

どうにかして維月を説得しなくてはと思う。黙考中の藍堂に、そういえばというように玻璃がつづける。

「あちらの部屋を出て間もなく、静闇様が不可解な独り言を仰せでした」

「どんな？」

「『ここに来てから、隠形紗《おんぎょうさ》が盗まれたとわかった。あれは少々厄介な代物《しろもの》だが、どうしたものか』とおっしゃっていたかと」

「たしかに、俺にも聞こえた。なんか楽しそうな口ぶりだったよな」

「ええ。内容との落差に違和感がありましたので、覚えていました」

「……そうか」

なにげない報告に、藍堂は右眼を眇めた。

隠形紗とは、あらゆるものを他者から秘匿《ひとく》し、欺《あざむ》く布のことだ。

静闇の固有の持ち物で神具とあり、藍堂ですら影響を受ける。それが盗まれたとは穏やかではないが、静闇の立場で盗難に気づかないわけがなかった。盗まれた時点で、本当は気がついていたはずだ。

単に、どう使われるのかを観察していたというのが実情だろう。

悪戯好きな静闇の性格から鑑みても、瑠璃と玻璃に独り言をわざと聞かせた可能性が高かった。

静闇の真意を推し量る藍堂に、瑠璃がさらに言い添える。

「あと、俺の見間違いかもしれないけど…」

「なんだ？」

「静闇様の部屋にいたとき、維月様の首もとに首飾りがなかった気がしたんだ」

「わたくしも、それは思っておりました」

「だよな？」

「ええ。あちらに参るまでは、ちゃんとありましたのに」

「俺も見た」

「……なるほどな。そういうことか」

「首領様？」

そろって首をかしげる二人の話を聞いて、すべての事態が呑み込めた。

静闇の気が満ちた部屋にいたから、瑠璃と玻璃に真実が視えたのだ。

つまり、実際には維月は首飾りをつけていないのに、自分たちにはしているように見えていた。

助言めいた静闇の独り言から察するに、隠形紗の関与は明らかだった。

隠形紗の盗難を静闇が知ったのは、里に来てからと推察できる。厳密には、それ以前から知っていたのかもしれないが、里で隠形紗が使われたのを感知したに違いない。

そもそも、隠形紗は里になかったのだから、誰が盗んで使ったのかは明白だ。

静闇と香艶が訪れた直後、藍堂が異変を感じて維月の身体を確かめた折、なんの変化も感じなかったことも、これで説明がつく。今日、香艶と会った際、来訪初日に感じ取った維月の《孕蕾》の痕跡がなくなっていたこともだ。

首飾りと同じく、《孕蕾》も維月から盗み、隠形紗に包んで隠したのだ。《孕蕾》は維月と会ってすぐ、首飾りは一緒に入浴したときに盗んだと推測できた。

首飾りを通して、藍堂が事態を悟るのを防ぐのが目的だ。

静闇と香艶どちらの計略か、今となっては関係なかった。

「それゆえか…」

近頃、どこか不安そうだった維月の様子が腑《ふ》に落ちる。

彼の性格で、首飾りの紛失を意図的に黙っていたとは思えない。藍堂が気づくと思っていたのに当てが外れて、どう対処すればいいかわからなかったのだろう。

藍堂以外の者にも気がついてもらえない心細さに、どれだけ胸を痛めたか。

ひとりで懸命に探し回る姿も、脳裏に浮かんだ。それでも愚痴もこぼさず、気丈に振る舞っていた健気さが不憫《ふびん》になる。

ちなみに、維月だけが隠形紗に欺かれなかった理由も察しはつく。

千年余の間、静闇の支配下にある黄泉の国で過ごして転生後、まだ間もないので、静闇の神具の影響を受けにくかったのだろう。

その点については、静闇も思惑どおりではなかったはずだ。

自分が務めでそばにいてやれなかった分、心の不安定さに拍車がかかってもおかしくない。

香艶の件も重なり、鬱積した感情も相俟って、あれほど激怒したのだ。

せめて、香艶についてはこれまでの行動を放置せず、早く手を打っておけばよかったと後悔する。

結果的に維月を巻き添えにしてしまい、申し訳ない気持ちでいっぱいになった。

「………」

心の中で愛しい伴侶の名を何度も呟き、胸を焦《こ》がす。

かえすがえすも、平穏な日常を壊した者たちが厭わしかった。

手段を選ばず、自らの欲望を遂げようとする香艶の言動が見下げ果てたものなのはともかく、それを承知で連れてきた静闇が諸悪の根源だ。

今ならば、静闇の企《くわだ》てが手に取るようにまざまざとわかる。

今回の訪問目的の婚姻祝いも、必ずしも間違いではない。あわよくば、藍堂と維月の仲を裂く、または亀裂《きれつ》を生じさせるという側面もあったのは確実だ。

むしろ、そちらが主要な狙《ねら》いだったはずだ。

厄介なのは、静闇が本気ではないことだろう。

維月を気に入ってはいても、あくまで興味本位でしかない。

自身がこうしたら、事態はどう転ぶか。仮に、どのように転んでも楽しめさえすればかまわない。暇つぶしに、二人の関係を引っかき回してみて、どんな反応をするか見るのもおもしろそうだくらいの感覚でしかないのだ。

そのためなら香艶の悪事も止めないし、藍堂の邪魔もする。

ここ数日、里で問題が頻発しているのも、画策にまつわる香艶の思考を藍堂が読む前に消すよう細工《さいく》したのも、静闇の仕業だ。

一方で、手がかりとなる情報を示すのだから、なんとも計り知れない。

ひたすら迷惑でしかない神の気まぐれを存分に発揮されて、渋面《じゅうめん》になった。

黄泉の国で維月の魂と藍堂の左眼を護ってもらった恩はあるが、この仕打ちは度を超えている。

自分だけならまだしも、維月にまで累《るい》を及ぼすのは許しがたかった。

幸い、今なら維月にも事の全容を説明できる。すべて誤解だと話せる状況なので、彼を傷つけることもなかった。

反撃と事態の収拾に乗り出すべく、藍堂が瑠璃と玻璃に言う。

「二人とも、手を貸せ」

「全然いいけど」

「なにをなさるのでしょうか?」

「これから、維月のもとに行く」

「でも、首領様が維月様と会うには…」

「静闇様に事前に話を通さなくてはなりませんので、わたくしどもが先に参って、首領様がおいでになることをお伝えすればよいのですね」

「いや。その必要はない」

「え？」

「首領様？」

きょとんと丸い瞳を瞬かせる瑠璃と玻璃を交互に見た。

手短に事情と策戦《さくせん》を話すと、二人が表情を引き締めながらも双眸を輝かせる。そうこなくてはとばかりに、瑠璃が声を弾ませた。

「維月様を取り戻しにいくんだな」

「きっと、維月様も本心では首領様をお待ちになっていらっしゃいます」

「ああ。私も維月を守護するが、万が一に備えて、おまえたちも護ってくれ」

「わかった」

「全力でお護りいたします」

「頼んだ」

多少の危惧《きぐ》は覚悟の上だった。いざとなれば、維月もろとも瑠璃と玻璃も護り切ってみせる。

不敵に口角を上げた藍堂は、霊獣たちを率《ひき》いて部屋を出た。

怒りが頂点に達したあと、維月の胸には悲しさと寂しさが押し寄せていた。

結婚一年で浮気されるなんて、青天の霹靂《へきれき》だ。

長い間離ればなれになっていて、維月を待ちわびていたという藍堂に、花嫁として切望されて結ばれた。

前世の記憶がない自分ごと愛してくれて、大切にされていると思っていた。だからこそ、意外すぎる裏切りに呆然となる。

藍堂との永遠の愛を信じていたのに、家族も友人も誰もいない、見知らぬ世界に飛び込んできた身への、この仕打ちだ。

互いに対する愛情だけを頼りに嫁いだ。その愛が片方でもなくなったら、どうすればいいのかわからない。

これほど早く彼の愛が冷めるなど、考えてもいなくて途方に暮れた。

あんなに囁いてくれたラブワードが嘘だったとわかって、ひどくへこんだ。

「………」

気をゆるめたら滲んできそうな涙を、瞬きを増やして堪える。

泣くのを我慢するせいで、のどの奥も痛くなった。

ほんの数時間前まで、とても幸せだったのが嘘のようだ。

この幸福が、ずっとつづくと思っていた。まさか、こんな結末になるなんてといっそうブルーになる。

「……っ」

無意識に首もとに片手をやって、小さく息を呑んだ。

チョーカーがないことも、結局は藍堂に言えずに喧嘩別れしてしまった。

もしかしなくても、チョーカーはなくなったのではなく、彼が香艶にあげたのだろうかと思いつく。

そうだとしたら、さすがの香艶も首につけることはしないだろう。どこかにしまっているはずで、いくら探しても見つかるわけがなかった。

香艶の訪れと紛失の時期がちょうど重なる分、仮説の信憑性《しんぴょうせい》が増す。

自分の想像に、さらなるダメージを負った。

感情のままに振る舞ってしまったが、本気で愛想を尽かされたらどうしようと今さらながら不安に苛まれる。

少し落ち着いて考えると、あらためていろんな可能性に思考が及んだ。

藍堂が香艶との関係を望んだということは、種類は違っても、同族の鬼のほうが伴侶にはよかったのだろうか。

子づくりにしても、やはり生粋の鬼同士がふさわしいから、維月とはつくる気がなかったとか。

もしくは、維月とは違うセクシーな魅力に溢れた香艶に惹かれたのか。

または、一年暮らしてみて、維月の性格が嫌になった。単純に、維月に飽きただけかもしれない。

それともと、あらゆる想定をめぐらせているうちに、はたと気づく。

「！」

今も、自分がいないのをいいことに、香艶を部屋に連れ込んでいたらと思うと、低い呻きが漏れた。

藍堂と香艶の特濃ラブシーンを妄想して、唇を噛みしめる。

それらしい場面を森の外れで目撃したせいで、容易《たやす》く思い浮かんだ。

家庭内別居宣言をしたけれど、浮気な二人の思うつぼではと悔しがる。

「これ。そんなに強く噛むな」

「！」

不意に聞こえた穏やかな声に、維月は我に返った。

視線を向けると、静闇がすぐ隣にいて、いささかびっくりする。

維月が夕食を摂る間、香艶の部屋から戻ってきた彼は酒を飲んでいた。食事がすんだあとは、勧められて自分も少しずつだが酌み交わしている。

徳利《とっくり》がのった膳を挟んで向かい合っていたはずなので、双眸を瞠った。

「せっかくの愛らしい唇が切れてしまう」

「……っ」

「ほれ。ほどくのだ」

静闇が口角を指先で軽くつついてくる。あれこれ悩むあまり、かなりきつく嚙んでいたらしくて、たしかに痛かった。

素直に嚙むのをやめると、よしというように微笑みかけられる。

つづけざまに髪も撫でてこられて、維月は苦笑いを浮かべた。

静闇と話していたのに、途中からもの思いに耽《ふけ》ってしまった。まだ心ここにあらずの状態だったが、彼を不快にさせたかもと謝る。

「すみません。ぼうっとしていたみたいで」

「かまわぬ。そなたはぼんやりしていても、たいそう可憐だからな。ただ眺めているだけでも一興だ」

「……静闇様」

「困った表情も趣があるが、わたしはそなたの笑顔が最も気に入っている」

元気を出せとばかりに髪の次に頰に触れて、静闇の手が離れた。そばに腰は据えたまま、膳を引き寄せて杯を手にまた酒を飲み始める。

約束どおり、なにも訊いてこない優しさが胸に響いた。

部屋に居座られて迷惑だろうに、嫌な顔ひとつしない寛容さは神様ならではだ。けれど、あと一週間もすれば、静闇は黄泉の国に帰ってしまう。そうしたら、藍堂から匿《かくま》ってもらえなくなる。

藍堂との話し合いは必須だとしても、今以上にこじれる場合もありえた。

そんなときに、中立的な立場の静闇がいないのは微妙だ。

これから、自分はどうすればいいのだろうと真剣に考える。

悲嘆に暮れてばかりはいられないのだ。実家に帰れず、応援もない以上、ひとりで頑張るしかない。

まずは現状をしっかりと把握・整理し、今後の方向性を決めることにする。

家庭内別居はともかく、藍堂と離婚するつもりはまったくなかった。藍堂の正式な伴侶の座は決して明け渡さない。

その前提で、不本意すぎる三角関係は、なるべく早く解消したい。

維月としては、藍堂には香艶との関係を即座に清算し、自分に謝った上で、今後は絶対に浮気はしないと誓ってほしい。

もちろん、香艶には速やかに帰ってもらう。藍堂とは二度と会わないと確約してだ。

ただし、問題は藍堂と香艶に別れる意思がないパターンだ。

二人の思惑次第では、主人の静闇が許可すれば、香艶は里に残る可能性もあった。

「……っ」

維月にとって、それはまさしく本気で最悪のシナリオだった。

もし本当にそうなったら、いわゆる正妻VS愛人の構図で仁義なき愛情争奪戦が勃発《ぼっぱつ》するのは必至だからだ。

いや。維月が気づくのが遅れただけで、すでに抗争はしかけられていた。

出遅れた分、早急に巻き返しを図らなくては手遅れになる。

悠長に大人な対応を取っていたら、藍堂を奪われてしまう。全力を出してバトルに臨み、チョーカーも取り戻すのだ。

瑠璃と玻璃をはじめ、里の鬼たちは皆、藍堂の味方だろう。

仮に、藍堂が香艶に肩入れしたら、藍堂をリスペクトする鬼一同の票が集まった愛人の優勢になる。

その場合、ものすごく悔しいが、維月は一気に劣勢になりかねなかった。

そうなりえる事態を想定しなくてはならない状況がじれったい。

だいたい、浮気は嫌だし言語道断だけれど、やはり藍堂を愛している。

普段がパーフェクトなダーリンなので、謝罪と誓約は要求するにしろ、百歩譲って今回に限っては許してあげてもいい。

当然ながら、香艶は許さない。このデスマッチで負けるわけにはいかなかった。

「……藍堂は僕のなんだからね！」

静闇には聞こえないように小声で呟いた。

元々、いつまでも落ち込むタイプではない。涙が引っ込んだかわりに、維月の闘争心にメラメラと火がついた。

どんな戦法でいくか早速、作戦を練り始める。

おそらく、自分と香艶の一番の違いは色っぽさだ。

維月にはない香艶のフェロモン垂れ流しのセクシーぶりに、藍堂が悩殺されたのだとすれば、維月はそれをさらに凌《しの》ぐグラマラスエロモンスターになって、香艶をこてんぱんに打ち負かしてやる。

瞬きひとつでも藍堂を虜にできる究極の色気魔神になる。

「……ん？」

『打倒、香艶！』に燃える維月が、ふと思い至った。

どうしたらモンスター級にエロくなれるのか、わからなかったのだ。

瑠璃と玻璃に頼もうにも、前にも似たようなことで迷惑をかけたから訊けなかった。なにより、藍堂サイドの二人だから無理だ。

時間はあまりないので別の方法をと考えたところで、静闇に目が留まる。

身近に絶好の適材がいたと頬がゆるむ。神様の静闇なら、どんなことも万能で知識も豊富なはずだった。

香艶寄りでないのも、維月の頼みを聞いてくれた段階でわかっている。

あらためて居住まいを正し、静闇に話しかける。

「静闇様、お願いばかりして恐縮なのですけど」

「どうした？」

「はい。あの……」

決まりが悪かったが、かいつまんで事情を説明した。

藍堂の浮気、香艶との密会、喧嘩の果ての家庭内別居、藍堂を取り戻すためのバトル、抜本的な自己改革案だ。

最後まで話を聞いてくれた静闇が鷹揚にうなずく。

「なるほど」

「色っぽくなれるノウハウを、どうか僕に教えてください」

「……思っていた反応とはだいぶ異なるが、これはこれでおもしろい」

「え？　今、なんとおっしゃったのですか？」

「ああ。そなたは本当に、どこまでも健気だなと」

「そんなことはありません。負けず嫌いなだけですし」

「そういうところも、わたしには好ましく映る」

「……恐れ入ります」

「照れている姿もなんとも可愛らしいが、要は、藍堂を性奴隷にするほどの色気が欲しいわけだ」

「ええっと……セイドレイって……⁉」

初めて聞いた言葉を訝り、維月が首をかしげた。

どこか楽しげな表情を浮かべた彼が、持っていた杯を膳に置いた。身体ごと維月に向き直り、悪戯っぽい口調で答える。

「藍堂をメロメロにして、そなたの虜にするということだ」

「それです！」

まさしくそのとおりだったので、真顔で同意した。

静闇のほうに身を乗り出して、暗碧の双眼を見つめて言う。

「僕が香艶さんより色っぽくなれるように協力していただけますか？」

「無論だとも」

「ありがとうございます。とても助かります」

「わたしの経験に基づく教え方でもよいのか？」

「もちろんです。頼りにしております」

「うむ」

「ご指導のほど、何卒よろしくお願いします」

神様のやることに間違いはないだろうから、頼もしかった。

とりあえず、色気のトレーニング法について訊ねようとした矢先、おもむろに静闇の腕が伸びてきた。

抗う間もなく抱き寄せられて、胡座をかいた膝の上に横抱きにされる。

彼の整った顔が迫ってきて、吐息が触れる距離で視線が合った。

この体勢はいったいなんだろうと、維月が不思議そうな面持ちになる。

「静闇様？」

「こういうときは、藍堂には常々どう応えている？」

「あ！」

「具体的に聞かせてもらいたい」

「は、はい」

早くも、レッスンが始まっているらしかった。

藍堂と二人だけの秘め事を誰かに話すなんて、かなり恥ずかしい。その際、自分がどんなふうに反応しているかも、あまり覚えていないのが実情だ。けれど、これもグラマラスエロモンスターになるための試練と思い、羞恥を堪えて返す。

「その……いつも、藍堂がリードしてくれるので…」

「藍堂のなすがままか」

「そう、です」

「どれほど淫らなことを求められても応じていると？」

「き、基本的には、受け入れています」

「主導権は完全に藍堂が握っているのだな。…ふむ。ならば、たまにはそなたが仕切ってみてはどうだ？」

「えっ⁉」

イニシアチブを取れと言われて、無理だとかぶりを振った。

テクニックと体力不足が最大の原因と告げたが、関係ないと笑い飛ばされる。

行為中、いかに相手を自分の思うとおりにさせるのかが、最も重要らしい。それで互いが満足できればなにも問題はないと、説得力抜群のレクチャーを受けた。

ほかにも、色気がある目線の配り方や仕種なども伝授される。

メモがないので脳裏に刻み込み、臨時色気コーチの静闇に感謝の思いを伝えた。

「すごく勉強になります！」

「そうか。わたしも実に楽しい」

「静闇様がいてくださって、ほんとに心強いです」

「そのような笑顔を向けてくるとは、なんとも無防備だな」

「はい？」

「しかも、もはや純潔でないにもかかわらず、魂はたぐい稀なほどの無垢さを保っているのが見事だ。これでは、あやつが執着しつづけるのも無理はない」

「あの……静闇様…？」

「いつまでも、興味は尽きぬな」

維月には理解不能な発言に、微かに眉をひそめた。

突然どうしたのだろうと、怪訝な顔で再び訊ねる寸前だった。彼の顔が傾いて近づいてきて、維月の焦点がぼやける。

「⁉」

次の瞬間、自分の唇に触れているやわらかい感触が静闇の唇だとわかった。

慌ててキスを振りほどこうとしたけれど、ままならない。さらに深く吐息を奪われて、咄嗟に身をよじった。

「やっ…ん……んぅ」

逃げを打った身体を片腕で容易く抱きすくめられ、身動きが封じられる。

藍堂以外の誰かとキスするのは当然初めてで、激しくうろたえた。

なぜ、こんなことになったのかわからずに戸惑う。実践ではなく、講義だけを教わるつもりでいたからなおさらだ。

静闇の胸元を両手で押して制止を訴えたが、いちだんと舌を搦めてこられた。

腰のあたりも意味深な手つきで撫で回されて抗ったものの、腕力の差で敵《かな》わない。

心ならずも官能を刺激されてしまい、抑え切れなかった甘い呻きが鼻から漏れた。おまけに、下半身までがジンとしびれてきて焦る。

「ん、っふ……っ」

藍堂ではない相手とのキスで感じるなんてと、動揺に拍車がかかった。

さては霊力で感度をコントロールしているのではと思い、キスの合間を縫って言う。

「こんなことに、霊力を使うのは、反則です！」

「あいにくと、ふるっておらぬ」

「で、でも…っ」

「真実だ。ちなみに、そなたの思考を読みたくとも、堅固《けんご》な妨げがあって無理でな。わたしの結界内ですら難儀する。誰の仕業かは明らかだが」

「！」

思いがけない藍堂の守護を言外におわされて、胸が詰まった。

外的な事柄からだけでなく、内面まで護ってくれていたと知って心が揺れる。

こうも維月に気遣ってくれる藍堂が、果たして浮気などするだろうか。

今さらながら、瑠璃と玻璃の『なにか深い事情があったのかも』という発言に意識が向いた。

もしも、本当に誤解だったとしたらと考え始めたときだ。

維月の双眸を覗き込んできた静闇が、唇同士を触れ合わせた状態で囁いてくる。

「だが、今はそなたがなにゆえ、そのようなことを申したのかはわかった」

「え？」

「わたしにくちづけられて気持ちがよかったのだな」

「……っ」

「図星か。素直な上に、刺激に弱い肉体に仕込まれているらしいな」

「ち、違います！」

「違うまい。潤んだ瞳と上気した頬も、ひどく艶めいている」

「なにを、おっしゃって…？」

「わたしが教えなくとも、そなたには充分に魔性並みの色気がある」

「………」

普段は純真無垢、性行為となると妖艶に変貌する。その落差の分、どんなに淫乱な者よりも格段に淫らだと言われて困惑した。

自分ではわからないし、藍堂にもいつも子供扱いされている。どう解釈すればいいのか、判断がつかずに混乱した。ならばと、もっと気になる点について訊ねてみる。

「どうして、こんなことをするんですか？」

「これといった理由はない」

「な……」

「強いて言うなら、そなたへの関心が高まったせいだな」

「お言葉ですが、僕は藍堂の伴侶です」

静闇までが香艶と同じようなことを行動に移し始めて愕然とした。主従そろってなにをしにきたのだと眩暈《めまい》を覚える。それ以前に、神様がこんなに俗っぽくていいのか疑問だ。

清廉潔白で手本になるべき存在のはずなのに、嘆かわしかった。

少しだけ唇を離した静闇が双眼を細めてつづける。

「承知だが、仮に藍堂よりも先にわたしと会っていたら、状況は違ったかもしれぬぞ」

「そんなことは…っ」

「ないとは言い切れぬだろう？」

「それは……そう、かもしれないですけど…」

けっこうまともな意見が返ってきて、反論に困った。

どう論破しようか悩んでいる維月の唇を、静闇が指でなぞりながら言う。

「なにより、こういうふうに触れてみたかったのは確かだ」

「え？」

「そなたを愛おしく思っているのもな。わたしのそばに置いておきたい想いもある」

「……っ」

「潑剌《はつらつ》と朗《ほが》らかで、くるくると表情がよく変わって、清純さと淫らさを併せ持つそなたと暮らすのは、なんとも楽しそうだ。日々の殺伐《さつばつ》とした務めでの疲れも癒《い》やされるかもしれぬな」

「……静闇様」

愛の告白じみた言葉の数々に、維月の当惑は深まった。だからといって、応える気などまったくない。

ただ、あまりにも好ましく思われていて驚いた。

もしかすると、自分がまた静闇を勘違いさせてしまうような態度を取ったのだろうか。

藍堂にも日頃から注意されるほど、自らの言動に自信はなかった。

里を案内したり、話し相手になったりはした。藍堂の友達によくしたい一心で、維月なりのおもてなしに励んだ。

それに対して、スキンシップ過多ぎみで優しくしてもらっている自覚はあった。

友人の伴侶への親しみを込めた心遣いと思っていたから受け入れていたのがいけなかったかもしれない。けれど、そこで波風が立たないように好意を辞退するのは難しい。

自意識過剰と取られるのは心外だし、客に失礼な気もする。

または別の落ち度がと考えていた維月が息を呑んだ。

着物の裾を割って、静闇の手が太腿に触れてきたせいだ。和服なので下着をつけない習慣が、こんなときはとても都合が悪かった。

反射的に身をすくめて、狼狽もあらわな声色で彼の名前を呼ぶ。

「静闇様っ」

「試しに、わたしに愛されてみないか?」

「謹《つつし》んでお断りいたします!」

「決して後悔はさせぬ」

「確実に悔いしか残りませんし、ダブル不倫なんか嫌です」

「そう固く考えるな。永遠の命なのだから、藍堂以外の者とも契って楽しめばよい。そうでないと、そのうち互いに飽きるぞ」

「少なくとも、僕は飽きませんからご心配は無用で……ちょっ……そんなところを撫でないでいただけますかっ」

「白くなめらかな肌だな。吸えば、さぞ鮮やかな痕が残るだろう」

「吸っちゃだめです‼」

「『嫌よ嫌よも好きのうち』だな」

「ほんとに心底嫌なんですけど……あっ……！」

内腿を撫で回される感触プラス首筋に顔を埋めてこられて、慌てふためいた。

可能な限り手足をばたつかせたが、難なく抑え込まれる。

抵抗したせいで、かえって着物がはだけてしまった。脚のつけ根付近の際どい部分にまで触れられて胸を喘がせる。

「静闇様、待ってください！」

「おとなしく身を委ねるがよい」

「無理ですっ」

「すぐに、わたしがもっと欲しくなる」

「欲しがりませ…っく……いあ…ぅ」

耳の裏を舐められたあと、うなじをきつく吸い上げられた。

なんとか抗ったけれど、静闇の拘束はびくともしない。次に、性器を包み込んで軽く扱かれた。しかも、そうしているのは彼の長い髪だった。手は後孔に触れていて、いつでも内部に挿《はい》り込める状態だ。

いよいよ追いつめられた維月が本格的なパニックに陥る。

村野のときは、どうにか事なきを得たが志乃みたいに穢されてしまったらと恐怖に駆られたせいだ。

「やめ……やっ……嫌だ！」

「嫌がるのも今だけだ」

「た、助け…て……っう……ら、んど…っ」

差し迫った事態の中、真っ先に脳裏に浮かんだのは最愛の相手だ。

家庭内別居と喧嘩の途中なのも忘れ、無意識に心の底から藍堂を求めて、彼の名を口にする。

「藍、堂……藍堂、藍堂っ……藍堂！　……藍…っ⁉」

堰《せき》を切ったように藍堂の名前を連呼した直後、突然、爆音《ばくおん》が轟《とどろ》いた。同時に、すさまじい閃光《せんこう》が室内に走り、その眩しさで反射的に目を瞑《つぶ》る。

普通なら爆風《ばくふう》が吹き荒れるはずが、不思議とそれはなかった。

さすがに衝撃で部屋が揺れたせいか、静闇の手が止まったのを察する。維月の鎖骨付近に唇を這わせていた彼の顔も離れた。

しばらくしてから、維月がそろそろと瞼を開く。

閃光がおさまっていてホッとし、涙で滲んだ双眸で音源の方向を見遣った。

「あ……」

一年前とほぼ同じ状況に胸が高鳴った。チョーカーをつけていなくても、維月の危機に駆けつけてくれたと安堵の吐息が漏れる。

襖の引手《ひきて》の金具部分らしき残骸が散らばった畳の上、五メートルほど先に藍堂が立っていた。

右眼が紅色になっていて、今の爆発が彼の霊力によるものだと確信した。

以前のように感情を暴走させた結果か、意図的かはわからない。同規模のわりに、前回よりは被害が少なかった。

こちらも、藍堂の霊力によるものかは判断しかねた。

そうはいっても、入口の大きな襖四枚と欄間《らんま》は破壊されたので、廊下まで丸見えだ。だから、藍堂の背後に多少の距離を置いて控えている、全長三メートルにも及ぶ迫力満点の黒獅子と白獅子も見えた。

瑠璃と玻璃が珍しく、本来の姿を取っているのだ。

彼らまで来ているとはと驚いた維月が、さらに気づく。

土煙《つちけむり》で見えていなかったが、藍堂の足元に誰かが倒れていた。よく見ると香艶で、苦しそうに呻いて浅い呼吸を繰り返す様子は瀕死《ひんし》の重症に映る。

藍堂が起こした爆発に、うっかり巻き込まれてしまったのだろうか。

そうだとすれば、早く手当てをしなくてはならない。

藍堂をめぐる恋敵とはいえ、負傷者は見過ごせなかった。せめて、応急処置だけでもと、香艶のそばにいる藍堂を見つめて息を呑む。

「っ……⁉」

三センチくらい切れた藍堂の右頬から血が流れていたからだ。

一瞬、目を離しただけなのにと気が動転する。香艶のことを気にしつつも、まさか瑠璃と玻璃もケガをと目線をやった。

どうやら、霊獣たちは無傷なようで胸を撫で下ろす。

この世界の創造主の藍堂が負傷するなんて、ありえないはずだった。藍堂に視線を戻し、それ以上の傷がないか確認しかけて目を瞠る。

維月が必死に探していたチョーカーが彼の手に握られていたのだ。

いったい、どこにあったのだろう。紛失の件も含めて詳しい事情を話そうと維月が口を開く寸前、静闇に先を越される。

「なるほど。結界破りの反動を防御する盾《たて》に、香艶を使ったか」

「この者の部屋に行ったところ、隠形紗を見つけましたので。私の霊獣に盗まれたとおっしゃったと聞き及んでおります」

すかさず藍堂が応じて、またしても維月は発言の機会を逃した。

ただよう緊迫感もどこ吹く風といったように、静闇がのんびりと答える。

「そんなことを申したかもしれぬな」

「窃盗犯を捕らえよという意向と思い、ついでに罰も受けさせた次第です。……なにせ、私ばかりでなく、主人たるあなたのものも盗んだとなれば、いずれにせよただではすみますまい」

「まあな。だが、私情も入っていそうだが？」

「否定はしません」

「それで、この有様か」

「自業自得かと」

「意味深な言葉だな」

「たしかに、厳罰に処したい相手はまだおります。その方への抗議の意味を込めて、あえて自らは手を下しませんでした」

静闇とは対照的に、藍堂は厳格な態度を貫いている。なにより、維月には二人の会話が全然理解できなかった。

どういうことか訊ねたいが、さすがに口を挟める雰囲気ではない。

ポーカーフェイスでわかりにくいけれど、もしかして藍堂はものすごく怒っているのではと思った。

面倒をかけた維月に対してか、静闇になのかはわからず、密かに緊張する。

なりゆきを見守る中、静闇が悪戯っぽい色を浮かべた双眸を細めて言う。

「全容を摑むのが、おぬしにしては案外、遅かったな」

「お戯れも、ほどほどになさってください」

「正直なところ、もう少し楽しみたかった」

「そんなふうだから、ほかの神々や精霊に敬遠されるんです」

「皆、わたしと似たり寄ったりで、根本的に性悪《しょうわる》だと知っているだろう」

「あなたが群を抜いて悪いのも存じ上げています」

「どうも、想定以上に立腹させたようだ」

「わかってくださって幸いです。今回のことで、貸し借りはなくなりました。以後なにかあれば、私も遠慮なく全力で対処させていただきます。どうぞ、そのおつもりでいらしてください」

「そう本気にならずともよかろう。おぬしが全身全霊で霊力をふるうなど、洒落《しゃれ》にならぬのだぞ」

「話が早くてけっこうです。はっきり申し上げておきますが、次はありません」

「冗談が通じぬやつだ」

「なんとでも。お帰りの際には、どうぞお忘れものがないように」

クールな響きの声音で藍堂が言ったあと、静闇が肩をすくめた。

藍堂とは正反対に、静闇のほうは微妙に楽しそうだ。口元をほころばせたまま、維月に目を向けてくる。

「残念ながら、ここまでのようだ」

「あ……はい…」

「藍堂ともども、達者で暮らすがよい」

「……はあ」

まるで何事もなかったように解放されて、毒気を抜かれた。

変わり身の早さについていけず、唖然とする維月につづけられる。

「予定より早いが、殊《こと》のほか藍堂が怒っていて面倒だから帰る。助かるかどうか別として、従者の治療は一応わたしがするのが筋だろうしな」

「そうですね…」

「短い間とはいえ、そなたと過ごせて愉快だった。いつか、また会おう」

「こちらこそ……っえ!?」

唐突な別れの挨拶もそこそこに、静闇の姿が一瞬で消えた。見れば、重傷を負った香艶もその場からいなくなっていて瞠目《どうもく》する。

里の入口の結界でなく、ここから帰れるのだろうかと首をかしげた。

畳に膝を崩した体勢で座っていた維月のそばに、藍堂がやってくる。自らの格好に思い至り、あたふたと着崩れを直した。

目の前で膝を折った彼に、チョーカーを差し出される。

「あ……」

「なくなっていたことに気づいてやれずに、すまなかった」

「ううん…」

硬い声色で謝ってこられて、ゆるりとかぶりを振った。

あっさりと非を認めた藍堂と、別件で喧嘩中だったのを思い出す。静闇の暴挙で忘れていた藍堂との別居騒動だが、維月も他人事ではなかった。

去り際、静闇は『藍堂が怒っている』と言っていた。

それは静闇のみならず、自分も含まれていそうで鼓動が激しくなる。

望んだわけではないけれど、静闇にキスと愛撫をされたのを藍堂に知られているせいかもと蒼白になった。そこに、問いかけてこられる。

「首飾りをつけてもいいか？」

「そ、そうだね。お願いしようかな」

「ああ。あと、これを羽織るといい」

「え⁉　あっ……ありがとう。ごめんね？」

「いや」

どこからともなく現れた彼の着物を肩からかけられた。やはり、乱れた衣服をチェックされていて心臓に悪い。

藍堂の浮気を一方的に責められなくなり、トーンダウンした。

静闇から助けてもらった礼は、とりあえず伝える。

静闇との応酬の意味も知りたいと思っていると、チョーカーをつけ終えた藍堂と視線が合った。

すでに止まっているものの、滲んだ右頬の血が傷が痛々しい。

なにから話そうかさらに迷う維月に、真剣な顔つきでつづけられる。

「話がある。今度はすべてきちんと説明するから、私と一緒に来てくれるか？」

「……うん」

伸べられた藍堂の手をうなずいて取ると、そっと抱き寄せられた。

まだ獅子の姿でいる瑠璃と玻璃に、顔を向けた彼が話しかける。

「力添えに感謝する」

「とんでもない。力不足で申し訳なかったけど」

「わたくしどもは、首領様の守護霊獣でもありますのに」

「かすり傷だ。二人とも、当初の役目は立派に果たしてくれた」

あらためて厚く礼を述べた藍堂に、瑠璃と玻璃が双眸を細めた。褒められて相当うれしいらしく、長い尾を大きく揺らして畳を叩き、のども鳴らしている。

ルックスは猛獣だが、仕種は猫みたいで可愛かった。

瑠璃も玻璃も、藍堂のことを心の底から崇《あが》めているのだなと痛感する。

「私たちは部屋に戻る」

「はいは〜い。どうぞ、ごゆっくり〜」

「こちらは、わたくしと瑠璃で片づけておきます。なにもご心配なさらず、心ゆくまで維月様とお過ごしくださいませ」

「頼む。直《じき》に、翠嵐も来るはずだ」

「さすがは首領様」

「うけたまわりました」

瑠璃と玻璃が了解した直後、維月は一瞬で見慣れた自室に移っていた。

結局、家庭内別居はたった一時間ほどで終わった格好だ。

間髪を入れず抱え上げられた拍子に、羽織っていた藍堂の着物が肩から滑り落ちる。その途端、息もできないほどきつく抱きしめられた。

維月の肩口に顔を埋め、両脇の下を通った太い腕が締め上げてくる。

身長差の都合上、畳に届かない両脚は宙に浮いたままだ。

息苦しさに腕をゆるめてほしいと訴えたが、ますます力を込められて困った。もう一度頼んでみたけれど、結果は変わらない。

あきらめて彼の首筋に両腕を回し、宥めるように髪や角を撫でた。

いろいろ話したいことはあったものの、気になっていた件をまず訊く。

「頬の傷は痛くないの？」

「………」

「いつも僕にしてくれるみたいに、自分で治せないのかな？」

「………」

「ねえ、藍堂。せめて、顔だけでも上げて見せて。お願いだから」

「大丈夫だ」

くぐもった声が返されたあと、藍堂がおもむろに顔を上げた。腕の力もようやくゆるめられる。

わずかに見下ろす形で彼の右頬を見た維月が両眼を瞠った。

血痕どころか、傷そのものがなくなっていたせいだ。思わず、そこにおそるおそる指先で触れて安堵の息をつく。

「……よかった」

「おまえに気を取られて、癒やすのを忘れていた」

「藍堂……」

「おまえが無事でなによりだ」

「……っ」

維月に対する想いの深さをまざまざと知り、胸が熱くなった。

喧嘩中だったのに、藍堂は絶体絶命の状況に駆けつけてくれた。その上、負傷も怖れず、僅差とはいえ霊力で上回る静闇と対峙《たいじ》し、維月が大切だと行動で示したのだ。

こうまでされたら、心を揺さぶられずにはいられない。

至近距離で絡んだ視線に引き寄せられるように、傷があった右頬にキスした。たとえ、どんな事情があっても、彼を愛している。

なにを聞こうと、受け入れる覚悟を決めた。

金色に戻りつつある美しい右眼を見つめて、説明を求める。

「さっきの爆発って、いったい…?」

「驚かせてすまなかった。あれは、静闇の結界を私が破壊したせいで起きたことだ。静闇ほどの霊力を持つ者が張った結界を同程度の能力者が強引に破る際には、双方の力がぶつかり合って強烈な反応が生じる」

「その結果、炸裂したエネルギーであなたはケガをしたんだね」

「まあな」

以前のように、藍堂が感情を暴走させたわけではなかったのだ。

藍堂も守護していたが、主に瑠璃と玻璃が維月を反動から護った。藍堂は静闇が維月を抱いているのが視界に入り、怒りのあまり避け損ねて頬を切ったとか。

なんだか、とても申し訳なくていたたまれなくなった。

もしかすると、香艶といたシーンを維月に見られた彼も、こんな気持ちだったのかもしれない。

「香艶さんは、どうしてあそこにいたの？」

「おまえを迎えにいく前に香艶の部屋に寄って、詳しい事情は話さないまま連れていき、盾に使った」

「なんで、そんなことを？」

藍堂と静闇の霊力が衝突した反動をもろに受けた香艶は半死半生だ。

優しい藍堂らしくない凶行なやり方に戸惑った。端整な口元に苦笑を浮かべながらも、断固とした口調で答えられる。

「私にとっては、生ぬるい手段だがな」

「藍堂？」

「私の花嫁を侮辱したあげく、大事な物まで盗んだ相手だ」

「まさか……」

チョーカーの窃盗犯は香艶だったのかと愕然とした。

たしかに香艶が犯行に及ぶ機会はあったが、藍堂はなぜ気づかなかったのか。しかも、香艶が維月を愚弄し、チョーカーを盗む理由もわからない。静闇にならともかく、藍堂が香艶にそこまで激怒するに至った経緯も理解できなかった。

困惑を隠さないまま、維月が素直な疑問を口にする。

「なんで、香艶さんは僕のチョーカーを盗んだりなんかしたのかな」

「静闇と香艶の今回の訪問が婚姻祝いではなく、私とおまえの仲にひびを入れるのが目的だったからだな」

「ええ⁉」

「主犯は静闇で、香艶は共犯だ」

「そんな意地悪をされる覚えはないよ？」

「神ゆえの、静闇の気まぐれだろう」

「……もしかして、悪気はないけどナチュラルに上から目線で、どうしようもない性格だから手に負えない的な…？」

維月の指摘に、そのとおりとばかりに深くうなずかれた。

最初に藍堂から聞いていた温厚で気さく以外の本質を聞き、眉をひそめる。

「先に言っておいてよ」

「おまえがさらに萎縮しそうで伏せていた。それに、まさか香艶まで連れてくるとは思わなかったんだ」

「つまり、香艶さんにも裏があるわけ？」

「ああ。淫鬼の特性自体を静闇が最初に省略して、おまえに話したからな」

「じゃあ、ほんとは…」

「『名は体《たい》を表す』を地《じ》でいっている」

淫鬼の特徴を挙げられて、静闇の解説との差に啞然とした。

はじめに聞いていたら、もっと違う対応が取れたかもしれない。そうさせないための静闇の巧妙な罠《わな》とわかって呆れた。

香艶の本性については、維月に教えるかどうか藍堂も迷ったらしい。

ただし、害もないのに話すのは単なる誹謗《ひぼう》なので思いとどまった。

香艶との密会を維月に目撃され、言う必要性に駆られたが、そうすると静闇が里に来た本当の理由も話さざるをえなくなる。断りつづけているにもかかわらず、ずっと前から香艶が藍堂に言い寄っている事実もだ。

いくら執心されても、藍堂は拒否しつづけてきたと聞いて安堵した。

この段階では、静闇の策略の確信も証拠もまだなかった。だから、話すに話せなかったのが実情だとか。

ここ一週間、里で起きていた数々の事件も、静闇の仕業だという。維月にちょっかいを出すために、邪魔な藍堂を引き離す狙いがあったそうだ。

チョーカーの盗難に藍堂が気づかなかったのも、静闇が絡んでいた。

あらゆる物を秘匿し、欺く性質を持つ神具の隠形紗を香艶に盗ませ、香艶がチョーカーをそれに隠していたかららしい。

維月だけがチョーカーがないことに気がついたわけも聞いた。

あのとき藍堂がチョーカーを持っていたのは、香艶の部屋にあった隠形紗に包まれていたのを取り戻してきたからだった。

森の外れで香艶と会っていたときは、静闇の悪事を暴こうと香艶の思考を読んでいたところだったと知って納得する。

つまり、静闇はすべてを承知で、維月に親身になっているふりをしていたのだ。

ちなみに、香艶の気持ちを知っていて、静闇は今回利用したらしかった。

「……静闇様のゲスっぷりが半端ない」

「品行方正でないのは確かだな」

「神様相手に無礼だってわかってて言うけど、最低だよ。自分はやりたい放題やっておいて無傷なのに、香艶さんはぼろぼろだもん。さすがにひどすぎるし」

「香艶に関しては、私の一存だが」

「そうだけど、あなたにまでケガをさせるなんて言語道断だから！　……でも、静闇様の悪だくみにまんまと引っかかった自分も許せない」

「維月」

「だって、あなたは浮気もしてなかったってことでしょ？」

「ああ」

「それなのに、僕、ひどいことをたくさん……っ」

藍堂に浴びせた暴言を思い出し、途中で言葉を詰まらせた。

別居まで持ち出したあげく、正妻と愛人のバトルとか馬鹿みたいな妄想を繰り広げて、静闇につけ入る隙を与えた。

チョーカーの紛失も早く話しておけば、藍堂は静闇にもっとスムーズに対処できたかもしれない。

不可抗力にせよ、誰よりも大切な彼を傷つけてしまった自分が情けなかった。

震える声を絞り出し、うなだれぎみに何度も謝る。

悔し涙を滲ませた目元に、そっと唇が押し当てられた。

潤んだ瞳で見つめた藍堂が、おもむろに維月の身体を抱き直す。左前腕にちょこんと座るような体勢になり、分厚い肩に腕を回してバランスを取った。

視線を合わせたまま、金色の右眼を細めた彼が穏やかな声で言う。

「いいんだ。私を愛しているがゆえに、嫉妬したせいだとわかっている」

「……藍堂」

「事情を話さずにいた私も悪い」

「あなたの場合は、僕によかれと思ったからだもん」

「もうひとつ、私たちにとって重要なことを黙っていたと言ったら？」

「？」

まだなにかあるのかと小首をかしげると、維月の身体に藍堂がつくってくれていたらしい子供を宿すための《孕蕾》という器官について話された。どういう条件下で二人の子供ができるかや、妊娠後の経過も詳細に語られる。

ずっと知りたかった男が身ごもる仕組みがわかり、すっきりした。

そんなすごいものを創り出せるなんて、まさしく神に匹敵する霊力と驚いた。

香艶は自らの能力を使って、チョーカーと一緒に《孕蕾》も盗んでいたとか。気がつかなかったが、香艶からかなり嫌がらせをされていたみたいだ。

香艶に対して、あんなにも藍堂が怒ったのも無理はない気がした。

「首飾りともども《孕蕾》も取り戻したが、盗まれただけでも不吉な上、香艶の気に触れたのも論外で、おまえの体内には戻していない」

「そうなの？」

「ああ。無念だが、今回の《孕蕾》は破棄し、最初から創り直す」

「じゃあ、赤ちゃんができるのは先送りなんだね」

「そうなるな」

「そっか。……ちょっと残念かも」

「私も子はいずれ欲しいが、今は二人きりの生活を楽しみたいのが本音だ」

「……っ」

「待ち焦がれつづけていた花嫁と、ようやく会えたばかりなんだ。たとえ、おまえと私の子といえど、しばらくは誰にも私たちの仲を邪魔されたくない。おまえの情を独占したい想いもある」

「藍堂……あ！　だから、僕は《孕蕾》はあったのに妊娠しなかったの？」

聞いたばかりの身ごもる条件が咄嗟に脳裏に浮かんだ。

藍堂と維月の精気が渾然一体となるだけではだめだった。加えて、子供を望む互いの心が一致しなければ懐妊しない。

藍堂の指摘は、維月にも当てはまった。当然ながら子供に注がれる彼の愛情について、考えが及んでいなかった。

自分の子供に嫉妬するなんて最悪だし、あってはならない。

維月の発言に、藍堂がわずかにうなずいた。

「そうだ。そのことも話さずにいて、すまなかった」

「ううん。謝らなくていいから」

「怒らないのか?」

「怒れないよ。理由が素敵すぎて、すごくうれしいし」

維月も同じ気持ちだと返すと、よかったと微笑まれた。

藍堂の想いはずっと維月にのみ向けられていたのだ。

静闇の思惑や、香艶の嘘と色気に振り回されて藍堂を信じ切れなかった自分が悔やまれるが、もう惑わされない。

ゆっくりと顔を寄せていって、額同士をつけた維月が囁く。

「謝るのは僕のほうだよ。ひどいことを言って、ほんとにごめんなさい」

「誤解にせよ、私もおまえを傷心させたから、お互いさまだ。それに、今だから言えるが、怒るおまえも可愛かった」

「藍堂ってば」

「事実だ。どんなおまえも愛している」

「僕も、あなただけが大好き」

自然と唇が重なり、キスが深くなっていったときだ。不意に唇をほどかれて、維月が不満げに鼻を鳴らした。

先を促す維月の双眸を探るように見つめる彼が断言する。

「首もと付近の吸痕以外にも、静闇の痕跡があるな。くちづけられたのか」

「……っ」

正しく言い当てられて息を呑んだ。静闇のキスに、心ならずも感じてしまったことを思い出して視線を泳がせる。

全部がばれていたわけではないとわかったが、ごまかすのも難しそうだった。

明確な返事を催促されて、あきらめて答える。

「その……キスと、首筋に顔を埋められたのと……か、下半身に触られたよ」

「具体的にどう触れられたんだ？」

「う……」

「維月」

言いづらかったものの、静闇の髪で性器を、後孔を指で愛撫されたと打ち明けた。藍堂に教え込まれた性感を刺激された件も一応伝える。

危機一髪で藍堂が助けにきてくれたので、体内への侵入はないと言い募った。

「力いっぱい抵抗したんだけど、敵わなくて…」

「……私の花嫁に、そこまでしでかしていたとは許しがたい」

「え？」

低い声での呟きを聞き逃して訊ねたが、なんでもないと返された。

静闇自身にも、相応のつけを払わせる。おまけに、黄泉の国も半分くらい破壊する勢いで藍堂がリベンジに燃えているとは思いもしなかった。

「おまえは悪くない。…まあ、かなり妬けるが」

「僕だって、あなたと香艶さんに嫉妬し……っんん」

言葉の途中で吐息を奪われたが、維月も張り切って応える。

上下の唇や舌を牙で甘噛みされるたび、藍堂のキスだと安心した。やはり彼でなければと思いながら、どちらのものかわからないほど混ざり合った唾液を交換する。

二人とも眼は閉じず見つめ合ったまま、ぴったりと口角を合わせた。角度を変えて何度もむさぼる。

口蓋《こうがい》どころか、のどの奥まで舐め尽くされて息が上がった。

口の端から唾液がこぼれ、舌の根がしびれるほど吸い上げられるのも悦《よろこ》びになる。

金色の右眼が紅色に変わった瞬間、互いが全裸になっていた。

一秒でも早く直接触れ合いたかったので、脱衣の手間を省いてくれてありがたい。

金髪を両手でかき回していた維月がキスの合間に囁く。

「立った、まま……抱いて…？」

「維月？」

「香艶さんと…してたことの、記憶を……上書きする」

「私はなにもしていないんだがな」

「あなたに……腰を、押しつけてたの…見たし。だから…っ」

負けないと宣言して、藍堂の首に両腕を回した。

かなりの身長差でつま先すらつけないので、彼の協力が不可欠だ。

キスをほどき、金色に戻りつつある右眼を見つめて頼む。

「脚の間にあなたの胴を挟むから、僕を支えてくれる?」

「こうだな。次はこんな感じか」

「え? ちょっ……くぅ、ん……嘘でしょ⁉」

要望どおりに体勢を変えられたのは問題ない。

ただ、維月の性器を包み込むように、藍堂の髪が絡みついていて驚いた。

密着した姿勢でそこに手を入れる隙間がないかわりとばかりに、それで強弱をつけて扱かれて呻く。

彼の舌や爪が伸縮自在なのはともかく、髪は知らなかった。

当然ながら、こういう行為をされるのも初めてで動揺する。静閻への並々ならぬ対抗心が窺えた。

「私も、おまえの身体から余計な痕跡を消さなければ気がすまない」

「そ……っんあ」

腰を持っていた大きな手が下がり、双丘を割り開いて後孔に触れてきた。

耳朶や首筋、鎖骨のあたりも舐め囓られたり、吸われたりする。

いつもより吸引力が、かなり強めだった。静闇がつけた吸痕を残らず抹消し、藍堂の痕を新たに刻んでいるせいだろう。

維月の嬌態を多少なりとも自分以外の者に見られたのは、痛恨の極みともぼやかれた。さきほど訊き出した静闇の所業を徹底的に塗り替えるつもりのようだ。

「あっあ…んん……ぁ、んく…っ」

意思を持つ髪が自在に形を変えて動き、性器の根元を締めつける。

陰嚢も揉みしだかれて身じろいだ。さらに、束《たば》になった毛先で先端を弄るという指同然の巧みなテクニックも駆使される。

両方の乳嘴も見逃されなかった。撫でる、つつき回す、尖った乳首に巻きついて引っ張るといった思いがけないちょっかいをかけてくる。ほかにも、頬や肩や脚など全身にくまなく触れていた。

しかも、ソフトとハードなタッチを絶妙に使い分ける器用さだ。

やわらかい刷毛《はけ》で素肌をくすぐられるみたいな感触も、快感を煽る材料にしかならない。

身体中を同時にまさぐられるので、まるで何人もいる藍堂に抱かれているような錯覚に陥るほどだ。

静闇とは比べものにならないくらい独創的な、淫らで情熱的な愛撫だった。

「ふ、っう……あっあっあ…んぅん……ああ」

「恍惚《こうこつ》とした表情だな」

「んっんん…は、あ……気持ち…い…ぁ」

「『もっと』か？」

「んぁん……うぅ、ん……うん……し、て……もっと…して」

「こちらも、すっかりびしょびしょだ」

「あっ、あ…んうん……あっあ」

相手が藍堂のせいもあり、感度のよさをフルに発揮して先走りが溢れていた。この蜜を悪戯な髪が後孔に運んで濡らす感覚にも、ひどく乱れる。

「っは、んあぁぁあ…っ」

その直後、円を描いて淫環をもてあそんでいた指先が体内に挿ってきた。両手の中指と思《おぼ》しき指が一度に二本だ。

ぬめりを借りているため、わりとすんなり受け入れた。

淫筒にひそむ維月の弱点を覚醒させながら、根元まで埋めていく。

奥に達してからは、大胆な指使いで媚襞を弄られて嬌声をあげた。

「あぅあ、んっ……あ、あ…あっんん」

「いつもより早く綻《ほころ》んできたな」

「あふ…っくう……ん、んっ、ああ……い、い…ぅ」

「腰を振りながら、私に押しつけてもいる」

「っああ……だって……悦すぎ…なん、だも……あぁ…あっ」

「私を欲しがるおまえは、本当に婀娜《あだ》めかしいな」

「あだ、め……?」

意味がわからずに眉を寄せたら、意を汲んだらしい藍堂が右眼を細めた。

維月の唇を啄んだあと、額にキスして言われる。

「色っぽく美しいということだ」

「僕、は……子供っぽい…んじゃ……ない、の?」

「そういう面もあるが」

セックス関連のときは、色気が爆裂するというような返事をされた。

もちろん、藍堂にとっては維月であれば関係ない。子供っぽかろうが、色気たっぷりだろうが、それ以外だろうがどうでもいいとつけ加えられた。

普遍の愛をくれる彼に、あらためて胸がいっぱいになる。

心理作用で内襞がさらにほぐれ、蠢く指を締めつけた。

「あぁ……ん……藍、堂……好き…あっあっ……大、好き…っ」

「維月」

「僕には……んっふ……あぁ…あなた、だけ…だよ」

「私も、おまえしかいらない」

「んあっあ、ああ…あ！」

藍堂の鳩尾あたりにこすりつけていた性器が、髪の愛撫も相俟って果てた。

伸び上がっていた上半身を、広い胸元にぐったりとあずける。自分はともかく、彼を精液で汚してしまって申し訳なく、小声で謝る。

「ごめ……藍堂…」

「気にするな。これから、私はもっとおまえを濡らす」

「ぅあ、んん…くぅう……っん」

脱力した拍子に筒内の指が増やされて、分厚い肩に爪を立てた。

引きつれ感や痛みはないが、圧迫感に胸を喘がせる。

額や目尻、頬にあやすようなキスが降ってきた。見つめ合って、維月のほうから藍堂の唇に唇を触れ合わせたまま囁く。

「平気、だか…ら……つづけて」

「ああ」

「あなたの、は……しなくて…いいの?」

「大丈夫だ」

「でも…」

抱えられている維月の片方の腿裏に、ずっと硬い感触を覚えていた。

過保護な藍堂が、自らの欲望を後回しにしがちなのも承知だ。

気遣いはうれしいし、そんなところも大好きだが、あんなことのあとだけに、今は強引になってほしくて言い添える。

「あの、ね……最初の頃、みたいに…っ」

「維月?」

「僕が……嫌がっても、泣いても……やめな、いで……無理やり、奪って」

「…おまえが後悔することになる」

「しない、から……もう、挿れて…?」

「……あまり私を煽るな」

「一緒に…気持ちよく、なりた……ふあぁあっ…ぅんん」

維月の言葉を遮るように、後孔から指が残らず引き抜かれた。

そこが閉じ切る前にぬめる切っ先が押し当てられて、灼熱の楔《くさび》がめり込んでくる。

通常も規格外のギガサイズだけれど、それ以上に嵩高《かさだか》な気がした。

「くっ、はあ……あ…ぅああ……あ、あ、あああ…ぁ」

「やはり、きついか」

「ら、んど……抜い…ちゃ、だめぇ！」

「だが…」

「お願い…だか、ら……んぁん…あふ……あっあ、あ」

絶対に逃がさないと思ったせいか、淫襞がうねって熱塊を誘い込むのがわかった。最難関の亀頭もアグレッシブに呑み込む。

いつも一度目は強張るのに、しなやかに撓んでまとわりついていた。

いちだんと愛情が深まった結果、藍堂をさくっと受け入れられるようになったらしい。

彼も気づいたのか、腰を引こうとしていた動きが止まった。

それに伴い、維月は自分の重みで巨杭を深々と銜《くわ》え込んでいく。ほどなく最奥まで到達したギガ楔の生々しい脈動に取り乱した。

はち切れそうな充溢《じゅういつ》感もあり、弱々しくかぶりを振る。

大開脚中の両脚が衝撃と快楽で震え、丸まったつま先にも力が入った。

「っん……あぁん…ぅん……すごっ…ああっ」

「痛みがなくて、なによりだ」

「藍堂っ…ど、しよ……んぅう…あっ、あ……ゃん」

「今までになく、感じているようだな」

「あぅん……ああ…んああっ……あぁ」

「これなら、私を誘った責任は取ってもらえそうだ」

「取、る…からっ……早く…いっぱい……奥、突いてっ」

「おまえが望むのなら」

「ひあぅ」

維月の双丘を摑んだ藍堂が強《したた》かな腰つきで突き上げてきた。

弱いポイントを抜かりなくこすり立てられて、あられもない声がこぼれる。不安定な体勢なので、巨塊の挿入角度がその都度、微妙に変わって悩ましかった。

彼の胴回りに両脚は回り切れず、脇腹あたりを膝で挟み込むのでせいいっぱいだ。内臓ごと引きずり出されそうな抽挿に身悶える。激しすぎる反面、激情を遠慮なくぶつけられているようでうれしかった。

淫筒内への刺激と藍堂の腹筋で摩擦された維月の性器は、また芯を持っている。溢れた蜜をはしたなくも彼に塗りつけている状態だった。

過ぎる悦楽に、両手でしがみついたうなじを引っかいて喘ぐ。

「ああぁあっ、んん……はあっあ……んぁ、ん…ぅ」

「蕩け切った顔をしている」

「ん、あ…っああ……藍、堂……んふ…ぁん」

「今後は、こんなおまえの姿を誰の眼にも触れさせない。絶対に」

決意を示すように、抜き差しはさらにエスカレートしていった。藍堂の先走りもあってか、局部から響く水音がさすがに恥ずかしい。

時間をかけて執拗に中をかき混ぜられて、法悦に溺れた。

維月の性器や乳嘴のみならず、後孔の隙間からもぐり込んだ彼の髪が媚襞にも悪戯をしかけてきて取り乱す。

維月が身じろいだ瞬間、不意に深奥を巨楔で抉られた。

「うあっあ……ん、くうっ」

「維月」

「んゃん…あ、あっ…あぁ……あああ！」

その直後、維月は嬌声をあげて精を放った。

連動して屹立をきつく締めつける寸前、後孔に挿っていた髪が出てくる。間を置かずに粘膜内が熱い奔流で満たされた。藍堂が射精したのだ。

体内が濡れていく独特の感覚に下肢をくねらせる。

逞しい胸元に、甘えるように再びもたれかかって低く呻いた。

一雫も余さない勢いで注ぎ込まれた淫液が、重力に従って逆流し始める感触にも身をよ

じったときだ。

つながったまま歩き出されて、維月が双眸を見開く。

「え⁉　…っは、んん……藍堂…？」

「この体勢では、思ったほどじっくりとおまえを味わえなかった」

「そ、なの…？」

「ああ。まだ全然おまえが足りていない」

「……っ」

吐精してすぐなのに、早くも硬度を取り戻しつつある藍堂に息を呑んだ。けれど、愛されている証拠みたいで満更でもない。

維月の身体中に淫らにまとわりついていた金髪は、もとどおりになっていた。

ほどなく、縁側の壁に沿って置かれた箪笥《たんす》の上に座らされる。

高さが維月の胸元くらいある鬼サイズのものだ。人間用のシングルベッドくらいの広さはある。

そこで膝裏を持って大きく脚を開かされて突如、巨茎を引き抜かれて声を漏らした。

「ゃん、あ……なんで…？」

咄嗟に後孔をすぼめたが、注がれていた精液が溢れてきてしまう。

濡れそぼった恥部をすべて見られている羞恥に、頬が熱くなった。

簞笥の上に敷かれた飾り布を汚した罪悪感にも苛まれる。そんな維月の前で、こぼれた淫液が一瞬で消えた。

藍堂が霊力をふるったと悟った途端、畳に膝をついた彼が股間に顔を寄せてきた。止める間もなく性器を口に含まれる。絶妙な舌使いだけでなく、牙がやわらかく食い込む感触に甘い官能が背筋を駆け抜けた。

ときどき、性器の裏や会陰にも舌を這わされて髪を振り乱す。

胸を反らして喘いだ反動で上体が頽《くずお》れた。どうにか両肘を簞笥について体勢を保つ。膝裏を持っていた手で陰嚢も愛撫されて、また息を弾ませていった。

「っあ…くぅう……んふ……藍堂…っ」

「こうして、ここも存分に可愛がりたかった」

「あっああ……んんぁ……や、あ…っん」

銜えられたまま話される振動すら快感にすり替わる。

なにかにしがみつきたくて、ゆっくりと上半身を起こした。

震える両手を眼前に伸ばし、藍堂の髪に指を絡ませる。その際、無意識に頭部を引き寄せて彼を喜ばせていたことは気づかなかった。

敏感になり果てた維月が、それほど経たずに絶頂を極める。

のどが鳴る音が聞こえ、淫液を飲まれたとわかってうろたえた。

何度経験しても、慣れない瞬間だった。

藍堂の先の言葉どおり、味わわれているような気もする。

「え？　藍堂、ちょ…っ」

「こちらも、たっぷりと愛でたい。さきほどの交わりで傷がついていないかも、きちんと確かめたかった」

「平気、だか……ら」

「直に見ないとわからないからな」

「あ、やぁん…くっん」

見ると言いながら、後孔に口をつけてこられた。

両膝を立てられた格好で、伸縮自在な舌が挿ってくる。性感が高まっている淫襞をつついたかと思うと、ねっとりと舐め回された。

繊細な部分を牙がかすめたり、食《は》んだりするからたまらない。

指も加わって脆《もろ》い箇所を重点的に、しつこく弄られて惑乱した。

粘膜内全体が溶けてしまいそうになっても、やめてもらえずに淫らにひくつく。

気づけば、また上体が後ろに倒れていた。無意識に逃げを打ってずり上がったせいか、壁に後頭部だけつけた姿勢になっている。

飾り布を両手で握りしめ、下腹部を波打たせた。

さらに二回も追い上げられて、ゆるゆるとかぶりを振って懇願する。

「や、やだっ……あぅう…んんぅん……もう、やめ…て」

「そうだな。心置きなく堪能したことだし」

「んっ…はっんう……ふああ！」

顔を離して腰を上げ、維月の両脚裏を持った藍堂に再度貫かれた。

とろとろにほぐれ切った淫壺《いんこ》は、巨杭を難なく呑み込んでいく。物欲しげにうねりながらも、ぴっちりと吸いついて蠢動《しゅんどう》し、奥へと誘い込む。

最奥までたどり着いて覆いかぶさってきた彼に、乳嘴を甘噛みされた。穿《うが》たれる角度が微妙に変わったのも愉悦になって身をよじる。

「んゃ、くっん……藍、堂ぉ……気持ちい…ぃ……あぁん」

「どれだけ私を悩殺する気なのだろうな。おまえは」

顔を上げてそう囁いた藍堂の狂おしげな表情に、淫筒が甘く疼いた。

潤んだ双眸で金色の右眼を見つめ、両腕を首に回して縋りつく。

「っあ……はした、な…くて……ごめ…っ」

「どんなおまえでも愛おしいと、何度も言っているはずだ」

「うん…ぁ…うれし…い」

「自制できない私のほうが嫌われそうだが、言質《げんち》を取っていたな」

「な、に？　……あっ…は、あああっあ！」

腸壁を突き破る勢いで深みを攻め立てられて嬌声をあげた。

さきほどよりも、いちだんと屹立の嵩と熱が増していて信じられない。けれど、維月の媚襞は強張ったりせず、たおやかに受け入れた。その巨茎が緩急をつけて中を攪拌したり、突き回したりする。

藍堂の動きに合わせて、あえかな声がひっきりなしに口をついた。

あまりの快楽に維月が制止を訴えても、抽挿は激しくなる一方だった。

いつもなら終わってくれるのに、延々とつづけられて本気で泣き濡れる。

箪笥の上なので背中が痛いと言ったら、霊力で畳に出現させたのだろう布団に場所を移して続行された。

「あっあぁ……も、やだ……やぁああ」

「あいにくだが、嫌がっても泣いても奪ってと言ったのはおまえだ」

「そ……」

「だから、やめない」

「藍堂っ…は、んゃう……あああっあ」

顔の両脇で指を絡めて手をつながれ、さらに猛々《たけだけ》しく突き上げられた。

快感の坩堝《るつぼ》に放り込まれた維月のなけなしの理性が完全に崩壊する。

藍堂の胴に自ら両脚を巻きつけて、律動に合わせて腰を振り乱してわりとすぐに、射精された。

夥《おびただ》しい量なので、入り切れなかった分が結合部の隙間から漏れていく。それが惜しくて、まだ腰を送っている彼自身を締めつけるように後孔をすぼめた。

「あ……だめっ…溢れちゃ……んぁん」

「私の精で満たされるのが、おまえは本当に好きだな」

「っん……す、き……全部……ちょう、だい」

「無論だが、心配しなくとも、いくらでも注いでやる」

「口で……も……あなた、の……する…」

「あとでな。今はこうして抱かせてくれ」

「ふああっ」

おもむろに背中を起こされて、胡座をかいた藍堂の膝の上に座らされた。

吐精したばかりの彼は、維月の中でまたも復活を遂げている。

与えられる法悦を予感して、甘い吐息をついた。

その後も、藍堂の望むとおりに身体を開く。後孔への刺激だけで極める状態でいきっぱなしになった維月も、欲望のままに彼を求めた。

「……ん。あれ、僕…」

「よかった。目が覚めたな。大丈夫か？」

そばで聞こえた安堵まじりの声のほうに、維月が視線を向ける。

愛しい藍堂の膝に横抱きにされていた。おそろいのパジャマがわりの白い着物を二人とも着ている。彼の眼帯は黒だ。

部屋の中は陽の光が射し込んでいて明るかった。藍堂に訊ねたら、正午になる少し前だと教えられた。

どこか心配そうな色を湛えた金色の右眼と視線が合って、首をかしげる。

愛し合ったあとの倦怠感や疲労感、声をあげすぎたのどの痛みは、いつもどおり癒やしてくれているらしく不調なところはなかった。なのに、なぜそんな顔をしているのだろうと、藍堂の頬に片手を添えて答える。

「平気だよ」

「そうか。七日間昼夜を置かず抱きつづけたから、さすがに心配になった」

「え!?」

つまり、あれからもう八日が過ぎているのだ。まさか、それほど経っていたとは思わなかった。

とてつもない快感の中、朦朧《もうろう》としつつ失神と覚醒を繰り返していた。そのせいで、時間の感覚が麻痺《まひ》していたらしい。

飲まず食わずでも体調に響いていないのも、彼のおかげだろう。

ちなみに、仕事は翠嵐に丸投げして部屋にこもっていたと聞いて困った。

翠嵐に心苦しい反面、藍堂の激情ににやけそうになる。

箍《たが》を外すのは今後やめると苦笑いされて、維月がかぶりを振った。

「あなたになら、なにをされてもうれしいからやめないで？」

「真に受けるぞ」

「いいの。でも、仕事はさぼらないようにね」

「ほかでもないおまえの願いだ。喜んで聞き入れるとするか」

「うん」

「愛している。私の永遠の花嫁」

「僕も愛してるよ、藍堂」

そう答えたあと、なにげなく片手を首もとに持っていった。そこにもとどおりにチョーカーがあって、心から落ち着く。

維月の心情がわかったらしい藍堂が右眼を細めた。

それは今後もずっと維月だけのものだと囁かれて、微笑んでうなずく。
あらためて幸せを嚙みしめながら、維月は端整な顔を傾けてきた藍堂と唇を重ねた。

あとがき

こんにちは。もしくは、初めまして。牧山ともと申します。

このたびは『鬼に嫁入り～黄金鬼と闘うお嫁様の明るい家族計画!?～』をお手に取っていただき、誠にありがとうございます。

今回は金鬼の首領・藍堂と、彼に嫁いだ人間・維月のその後のお話です。既刊『鬼に嫁入り～黄金鬼と輿入れの契り～』から、一年後の二人を書かせていただきました。おとぎ話のようなほっこり系の異世界で、前向きに溺愛争奪バトルを繰り広げる…そんな内容に仕上がっているかと思います。

前回に引きつづき、イラストを引き受けてくださいました周防佑未先生、ご多忙な中を本当にありがとうございました。溺愛カップルと子犬たちの戯れwith腹黒な黄泉神《よもつかみ》の静闇という、素敵な表紙ラフを拝見し、うれしい気持ちでいっぱいです。

担当様にも、大変お世話になりました。編集部をはじめ関係者の方々、サイト管理等をしてくれている杏さんも、お世話になりました。

最後に、この本を手にしてくださった読者の皆様に、最上級の感謝を捧げます。今も油断できない日々が継続中ですが、拙著にてほんの少しでも楽しんでいただけましたら幸いです。

アンケートはがきやメールも本当にありがとうございます。いつも、とても励みにさせていただいております。

それでは、またお目にかかれる日を祈りつつ。

牧山とも　拝

二〇二一年　冬

牧山とも　オフィシャルサイト　http://makitomo.com/
Twitter　@MAKITOMO8

牧山とも先生、周防佑未先生へのお便り、
本作品に関するご意見、ご感想などは
〒101-8405
東京都千代田区神田三崎町2-18-11
二見書房　シャレード文庫
「鬼に嫁入り～黄金鬼と闘うお嫁様の明るい家族計画!?～」係まで。

本作品は書き下ろしです

CHARADE BUNKO

鬼《おに》に嫁《よめ》入《い》り～黄金鬼《おうごんき》と闘《たたか》うお嫁様《よめさま》の明《あか》るい家族計画《かぞくけいかく》!?～

2022年3月20日　初版発行

【著者】牧山《まきやま》とも

【発行所】株式会社二見書房
東京都千代田区神田三崎町2-18-11
電話　03(3515)2311［営業］
　　　03(3515)2314［編集］
振替　00170-4-2639
【印刷】株式会社 堀内印刷所
【製本】株式会社 村上製本所

落丁・乱丁本はお取り替えいたします。
定価は、カバーに表示してあります。

ISBN978-4-576-22027-7

https://charade.futami.co.jp/

CHARADE BUNKO

今すぐ読みたいラブがある!

牧山ともの本

本気で限界が近いな

フローリストの厄介な純愛

~ニオイスミレとローズマリー~

イラスト=古澤エノ

Cafe《カフェ》 Cherish《チェリッシュ》は鎌倉に店舗を構えるハーブティ専門のカフェ。フラワーショップを併設し、地元の人々の心と舌を満たす人気スポットの店長・奏真は超天然の無自覚美人。マネージャーを務める蓮見は長らく奏真に想いを寄せているものの、気づく気配もない奏真に忍耐ばかりが試される日々で…。